Maria Seidemann

Die honiggelbe Kutsche

Maria Seidemann

Die honiggelbe Kutsche

DER KINDERBUCHVERLAG BERLIN

Illustrationen
von
Inge Gürtzig

ISBN 3-358-00041-9

1 Auf halbem Wege zwischen dem Dorf und dem alten Steinbruch liegt inmitten der Wiesen ein Haus mit Hof und Stall und Scheune. Das Haus ist früher einmal ein Vorwerk gewesen. Von der Landstraße läuft ein breiter Lehmweg zu ihm hin, hohe, dunkle Bäume umgeben es, und auf seinen altersschwarzen Dachziegeln wächst das Moos.

Ein paar hundert Meter weiter führt auf einem Damm die Autobahn vorbei. Und wer im Vorüberfahren die weißgetünchten Mauern des Gehöftes in dem vielen Grün aufleuchten sieht wie ein Bild aus dem Märchenbuch, der mag vielleicht denken: Dort müssen glückliche Menschen leben.

Ein Junge wohnt auf dem Vorwerk, der heißt Theo.

Die meiste Zeit des Jahres verbringt Theo weit weg von hier in der Nähe der Stadt Berlin, in einem Schulinternat. Nur in den Ferien holt der Vater ihn heim auf das Vorwerk.

Theo hat das schöne alte Gehöft, auf dem schon sein Großvater und vor ihm der Urgroßvater wirtschafteten, nie gesehen. Trotzdem ist hier nach seiner Meinung der beste Ort der Erde.

Theo ist blind.

Ob er glücklich ist oder unglücklich, darüber denkt Theo nicht nach. Er spürt die Sonne auf der Haut, hört im Garten die Stare lärmen, atmet den trockenen Geruch der Wiesen ein und fühlt sich wohl, weil Sommer ist und weil die Ferien eben erst angefangen haben.

Theo freut sich immer auf die Ferien. Im Internat wohnt er in einem Dreibettzimmer. Zu Hause hat Theo eine Mansarde für sich allein, er hat eigentlich das ganze Haus für sich allein und den Garten, die Wiesen – bis zum Waldrand alles für sich allein. Jedenfalls tagsüber, wenn sein Vater unterwegs ist. Theo hat die Johannisbeeren im Garten und die letzten Kirschen. Er hat seinen dreifarbigen Hund Kolumbus, die alte Stute Blessie, ein Klavier, einen Stapel Bluesschallplatten und außerdem einen fast vollen Kasten Cola in der Speisekammer. Er hat alles, was er braucht und was er gern mag. Was soll er sich sonst noch wünschen in einem Sommer, der lang ist und heiß und den er ganz für sich allein hat?

Manchmal denkt Theo sich einen Freund aus. Nicht einen von denen, die mit ihm zur Schule gehen, sondern einen Jungen, den es gar nicht gibt. Einen, der plötzlich auf dem Vorwerk auftauchen und die Ferien über bei Theo bleiben würde. Natürlich müßte das ein Junge sein, der sehen kann – unbedingt. Warum? Das kann Theo selbst nicht erklären. Er spricht ja auch mit niemandem über diesen Wunsch. Er hat genug zu tun den Tag über und keine Langeweile.

Morgens nach dem Frühstück versorgt Theo die Stute. Er füttert und tränkt sie und gibt auch dem Hund zu fressen. Er räumt sein Bettzeug in die Kiste und spült das schmutzige Geschirr vom Vortag, er fegt den Hausflur und lüftet alle Räume im Haus. Und dann klappt er den Klavierdeckel auf.

Theo spielt einen Blues, der ihm besonders gefällt und *Beer Drinking Woman* heißt: Die biertrinkende Frau. Er schlägt auf die Tasten ein, sein ganzer Körper spielt mit, und er findet sich großartig. He, hört mich! Hier spielt Memphis Slim! Theos Finger springen im Bluesrhythmus, sein Fuß haut aufs Pedal. Wie schade, daß ihn niemand hört! „She was a beer drinking woman“, singt Theo, und er ahmt die ein bißchen rauhe, ein bißchen quäkende Stimme von Memphis Slim nach.

Beer Drinking Woman ist Theos Glanznummer. Damit tritt er bei jedem Fest in seiner Schule auf. Fast ein Jahr lang hat Theo dieses Stück geübt, immer wieder, bis es sich ganz leicht und echt anhörte, eben wie Memphis Slim.

Es hat ihn gekränkt, was Susanne nach seinem ersten Auftritt in der Aula sagte, als der ganze Saal eine Zugabe verlangte und Theo verlegen vom Podium steigen mußte, weil er kein anderes Stück nur halb so gut spielen konnte wie *Beer Drinking Woman*. Daß Theo ein Clown sei, hat sie gesagt. Daß es albern sei, jemanden zu kopieren, man müsse seine eigene Art zu spielen finden. Das hat sie sicher von ihrem Professor gehört, vermutet Theo. Susanne bekommt nämlich Unterricht am Konservatorium in Berlin und will eine Künstlerin werden, das weiß sie schon ganz genau, obwohl sie nur ein Jahr älter ist als Theo. An vier Nachmittagen jeder Woche fährt sie zum Klavierunterricht. Einmal ist sie sogar schon im Fernsehen aufgetreten und hat hinterher jedem, der es hören oder nicht hören wollte, ausführlich erzählt, wie es war. Was sie für ein Kleid anhatte, wie sie vor der Aufnahme frisiert wurde und daß der Dirigent sie selbst aufs Podium zu ihrem Hocker am Flügel geführt hat.

Susanne versteht sicher eine Menge von Musik, aber von Theo versteht sie nichts. Theo hat schließlich das Stück nicht für sie eingeübt und auch nicht deshalb, weil er ein berühmter Pianist werden will. Er findet einfach Spaß dran, das ist alles.

Susanne ist ihm egal, soll sie reden. Aber daß Jens nicht mehr dasein wird, wenn Theo im September ins Internat der Blindenschule zurückkehrt, das ist schlimm. Jens ist sogar fünf Jahre älter als Theo, aber er war ein echter Freund. Nach zwölf Schuljahren hat er nun sein Abitur gemacht und ist fortgezogen, um zu studieren. Von Jens lernte Theo, was Boogie und was Blues ist. Jens hat ihn angesteckt mit seiner Begeisterung für diese Musik, ihm Schallplatten vorgespielt und Tonbandkassetten geborgt, und Theo hörte schließlich auf, für die Klavierstunden Etüden und Sonatinen zu üben. Er spielt nur noch Ragtime, Boogie und Blues.

Trotzdem wird Theo kein Musiker werden. Er weiß ja, daß Susanne im Grunde recht hat. Er betreibt die Musik zum Spaß: Wenn er Lust hat, spielt er, wenn er keine hat, macht er etwas anderes. Theo tut so vieles gern außer Klavierspielen.

Als Theo kurz vor den Ferien seine Mutter in Berlin besuchte, um das Baby und ihren neuen Mann kennenzulernen, hat er ihr natürlich *Beer Drinking Woman* vorgehämmert. Sie war begeistert und rief, Theo würde eines Tages die Welt bereisen als Musiker. Theo argwöhnte, daß sie das nur sagte, um ihn zu trösten.

Er mochte nicht, wenn die Mutter ihn „mein armer Junge" nannte. Sein Vater sagte nie so etwas zu ihm. Reisen und ferne Länder kennenlernen, das würde Theo schon gefallen. Aber Vater hat gesagt, er solle sich keine Illusionen machen. Bleibe im Lande und nähre dich redlich – einer von Vaters Sprüchen. Es wird sich, wenn es soweit ist, ein geeigneter Beruf finden für Theo. Er würde zum Beispiel gern Tierpfleger werden. Aber das geht nicht. Für diesen Beruf muß man sehen können.

Theo nimmt die Hände von den Tasten und lauscht. Das Vorwerk liegt zwei Kilometer vom Dorf entfernt. Wer Theos Vater wegen eines Rohrbruches oder eines verstopften Abflusses braucht, der ruft an. Tagsüber kommt niemand hierher. Die Dorfkinder haben alle was zu tun. Sie müssen Futter einfahren oder Heu wenden oder die Gemüsegärten in Ordnung halten. Und wenn sie Zeit haben, fahren sie auf ihren Fahrrädern zum alten Steinbruch.

Theo ist Besuch. Theo gehört nicht dazu. Er hat auch kein Fahrrad. Dafür hat er Blessie.

Theo spielt weiter und stellt sich vor, wie hinter dem Vorwerk auf der Autobahn ein Motorrad sich nähert, ein junger Mann, er ist vielleicht Assistent beim Fernsehen. Der hört Theos Blues, hält an und bockt seine Maschine auf. Er nimmt den Helm ab, um zu horchen, woher die Musik kommt. Wer spielt da so wunderbar *Beer Drinking Woman*, klingt das nicht wie Memphis Slim? Magisch angezogen, steigt er die Böschung hinunter, läuft über die Koppel dem Vorwerk zu …

Das Lied ist zu Ende.

Über der Koppel schwirrt das hundertstimmige Gezirpe der Heuschrecken, und auf dem Hof lärmen die Spatzen. Theo hört auch die Lerchen ganz hoch über den Wiesen und die Schwalben, die pfeilschnell übers Haus fliegen, und weiter entfernt das dumpfe Rauschen von den vorüberfahrenden Wagen auf der Autobahn. Sonst nichts. Es ist ja viel zu weit zur Autobahn, niemand wird ihn hören. Quatsch, blöder!

Im vorigen Sommer noch ist manchmal jemand Wasser holen gekommen von den Zelten, die jedes Jahr hinterm Wäldchen am Steinbruch stehen. Nun aber fährt die Gemeinde das Trinkwasser in einem Kübelwagen zum Steinbruch, und niemand braucht mehr mit Eimern oder Kanistern zum Vorwerk zu laufen.

Vom Morgen bis zum Nachmittag bleibt Theo allein.

Wie gern würde er wieder einmal angeln. Der Steinbruch ist tief, sein Wasser klar. Die Karauschen, die Theo mit dem Vater fing, waren zart und von mildem, würzigem Geschmack. Doch der Vater hat nie mehr Zeit. Er arbeitet sogar sonntags. Viel Arbeit bringt viel Geld, sagt er, und viel Geld macht das Leben angenehm. Wenn er abends nach Hause kommt, mäht er ein Stück Wiese oder hackt im Garten das Unkraut weg, aber es wächst ihm alles über den Kopf. Kochen muß er auch, für sich und Theo. Er kocht abends, und Theo ißt den Rest am nächsten Mittag.

Heute gibt es Linsen mit Rauchspeck, das mag Theo. Aber es ist noch viel zu früh zum Essen, kaum zehn Uhr. Nach Mittag kommt der Vater aus der Kreisstadt, er ist zur Handwerkskammer gefahren. Und danach, wie jeden Freitag, wird er bis zum Abend über seinem Schreibkram sitzen.

Bis zum vergangenen Frühjahr hat ihnen die alte Frau Krebs geholfen. Sie putzte die Fenster und wusch die Gardinen, schrubbte die Fußböden und besserte die zerrissenen Sachen aus. Frau Krebs ist aber weggezogen. Theo trauert ihr nicht nach. Er will nicht irgend jemanden auf dem Vorwerk haben, er will einen Freund.

Die Sonne brennt. Der Phlox duftet stark.

Theo hat noch fünf ganze Wochen Ferien.

Es macht mir nichts aus, allein zu sein, denkt er. Er wird jetzt ein paar Runden schwimmen, und dann wird er Blessie satteln.

Draußen schlägt Kolumbus an. Theo reckt den Hals. Er hört zögernde Schritte auf dem gepflasterten Hof – unbekannte Schritte. Jemand kommt.

2 Das fängt ja gut an, denkt Benjamin.

Mißmutig schlurft er durch das hohe Gras auf das Vorwerk zu. Er schätzt den Weg auf mindestens dreihundert Meter und stellt sich vor, wie er nachher den vollen Eimer zurückschleppt zur Autobahn. Durch die Wiese führt nicht einmal ein Trampelpfad. Und es sind bestimmt dreißig Grad im Schatten.

Oben auf der Autobahn steht der alte honiggelbe Octavia und streikt.

Benjamin hat gleich gewußt, daß die Klapperkutsche die lange Strecke von Mecklenburg bis ins Elbsandsteingebirge nicht schafft, hoch beladen mit Zeltsack, Koffern und dem übrigen Urlaubsplunder. Aber seine Mutter meinte, sie bekäme sowieso keinen Werkstattermin mehr, und sie hätten doch immer Glück gehabt auf ihren Touren, und nun dampft das Auto aus allen Ritzen, und Benjamin darf Wasser schleppen.

Wasser wird den verrotteten Wagen auch nicht wieder in Gang bringen, denkt der Junge. Wir werden hier festsitzen bis in alle Ewigkeit!

Benjamin dreht sich um und schaut zurück, die Sonne im Rücken. Seine Mutter sitzt auf der Böschung im Schatten des Schlehdorngestrüpps, den Zeichenblock auf den Knien. Eilig scheint sie es nicht zu haben. Im Weitergehen faßt er mit der Hand in das weiche Gras, das ihm bis zu den Oberschenkeln reicht. Gern würde er sich jetzt in die Wiese legen, die Sonne auf seinen Rücken prasseln lassen, an nichts denken. Er wischt seine verschwitzten Hände an den über den Knien abgeschnittenen Leinenhosen ab und starrt dem Gehöft da vorn entgegen, stellt sich vor, wie er auf den Hof treten und um Wasser bitten wird.

Er verflucht seine blödsinnige Scheu, Fremden zum ersten Mal gegenüberzustehen. Seine Klassenkameraden halten ihn für einen Draufgänger, die Erwachsenen für einen Angeber, ein Großmaul, einen Unfugstifter. Bestimmt haben sie alle recht.

Wer weiß schon, wie es in Benjamin aussieht? Daß er jedesmal, wenn ihn ein Fremder mustert, das Gefühl hat, in seinem Inneren schlägt eine Schranke herunter?

Daß er sich wünscht, ohne Worte erklären zu können, schnell und lautlos: Nein, ich komme nicht aus Afrika, ich sehe nur so aus, und ist es nicht egal, wie ich aussehe?

Dabei ist Benjamin nicht unzufrieden mit seinem Äußeren. Er findet sogar, daß er gut aussieht, und er weiß, daß ihn auf dem Zeltplatz wieder sämtliche Mädchen ins Kino und zur Kinderdisko schleppen wollen.

Benjamin hat gelernt, seine Furcht vor aufdringlichen Blikken zuzudecken. Er tritt betont selbstsicher auf, blickt arrogant auf jeden herab, der sich ihm nähert. Wenn er zu dem Gehöft kommt, wird er sich um gar nichts scheren, er wird forsch auf den Hof treten und sagen: Hallo, Leute, habt ihr 'n Eimer Wasser für 'ne Autoleiche? Hoffentlich gibt es dort keinen bissigen Hund! Aber solche Leute haben bestimmt einen Hund, der ihr über alles geliebtes Eigentum bewacht.

Solche Leute – Benjamin weiß schon, was er in so einem Einzelgehöft zu erwarten hat: das Haus säuberlich mit weißer Farbe angepinselt, die Balken natürlich dunkel abgesetzt, große alte Bäume ringsherum, jede Menge Blumenrabatten und englischer Rasen, der jeden dritten Tag nachgeschnitten wird. Aus der Ferne sieht so etwas immer ganz gut aus, aber wenn man näher kommt, erblickt man Wagenräder an den Verandawänden und neben der Tür buntlackierte Autoreifen mit Pelargonien drin oder eine weißgestrichene Schubkarre, garantiert antik! Typische Wohlstandsspießer! Wie sie ihn anstarren werden! Ach, er kennt das alles bis zum Ausspucken, und er würde sonstwas drum geben, so auszusehen wie die anderen. Und hier auf dem Lande, in einem einzelnen Anwesen weit vor dem nächsten Dorf, wird es noch viel schlimmer sein als zu Hause in der kleinen Stadt Koltzien.

Oft hat Benjamins Mutter mit ihm darüber gesprochen, ruhig und vernünftig, und immer wieder hat er versucht, sich einfach nichts mehr draus zu machen. Seine Haut ist dunkelbraun, sein Haar kraus und schwarz – na und? Er lebt schließlich nicht in Süd-Carolina, USA. Er geht zehn Jahre zur Schule wie jedes andere Kind hierzulande, und wenn er sich ein bißchen aufrafft, kann er sogar sein Abitur machen und studieren. Er wohnt in keinem Slum, sondern in einer Wohnung mit Bad und Balkon, er hat sein eigenes Zimmer, ein Fahrrad, eine neue Staffelei und eine Menge Bücher, er ist groß und schlank und könnte sich in Koltzien auf der Stelle mindestens drei Freundinnen anschaffen, wenn er wollte. Und daß er keinen Vater hat, das ist ja wohl nichts Außergewöhnliches. Allein in seiner Klasse haben vier keinen Vater.

Natürlich hast du einen Vater, sagt Benjamins Mutter.

Ja, ja, macht Benjamin. Sein Vater: Das sind die Fotos im Album, jedes Jahr ein paar Briefe mit bunten Marken, ein Paket zum Geburtstag und eins zu Weihnachten.

Benjamin gibt dem gelben Plastikeimer einen Tritt. Niemand soll denken, daß er einen Vater braucht. Das ist es ja nicht.

Es ist etwas anderes.

Benjamin denkt daran, wie er und die Mutter an einem Sonntag zum Zeichnen gefahren sind und auf dem Rückweg in einem Dorfgasthof essen wollten. An der Theke standen ein paar biertrinkende Männer, und einer sagte: „Au Mann, da kommt Klein-Afrika!" Die Mutter hielt den aufbrausenden Benjamin am Handgelenk zurück und zwang ihn in der Mitte des Raumes an einen Tisch. Der Mann an der Theke sagte: „Wo hat denn das hübsche blonde Mäuschen den Schokoladenjungen her?" Und dann fragte er, ob schwarze Männer besser wären als weiße. Als der Wirt Bockwurst und Brause an den Tisch brachte, forderte die Mutter ihn auf, gelegentlich mal in der Verfassung zu lesen. Ob er nicht wüßte, daß er sich strafbar mache, wenn er solche Reden in seinem Lokal dulde? Der Wirt versuchte, die Männer fortzuschicken, aber die wurden aggressiv und wollten sich nicht von „so einer" das Bier vorm Abendbrot vermasseln lassen. Schließlich zogen sie unter

Schimpfen und Drohen ab, und der Wirt meinte, Benjamin und seine Mutter sollten besser nicht wieder herkommen, er wolle keinen Stunk in seinem Hause. Die Mutter lachte nur verächtlich, und draußen sagte sie: „Die sind jetzt richtig glücklich, endlich haben sie mal was erlebt, diese Thekensteher, die sind bestimmt noch nie aus ihrem Dorf rausgekommen."

Benjamin kann nicht glauben, daß sie sich aus solchen Vorfällen nichts macht. Er ist zufrieden mit seiner Mutter, meistens jedenfalls. Und es paßt ihm nicht, wie manche Leute über sie reden, ob in Koltzien oder woanders. Er hat seine Mutter gern, er würde fast alles für sie tun, er holt ja sogar Wasser für sie, obwohl das ganz sinnlos ist. Und beinahe wäre er, weil er seine Mutter liebt, vor dem Jugendrichter gelandet. Benjamin will jetzt nicht daran denken, es sind Ferien.

Er steht vor dem Gehöft und staunt, denn hier sieht es recht liederlich aus. Keine Spur von englischem Rasen oder Pelargonien! Zwischen den Feldsteinen des gepflasterten Hofes wuchert allerlei Unkraut – Vogelmiere, Wegerich, Hundeblumen –, und auf dem Dach wächst sogar Moos! Aus einem Fenster quillt Musik: ein Klavier und eine quäkende Männerstimme, hört sich an wie Englisch.

Ein kleiner schwarzweißbrauner Hund kläfft Benjamin an. Die Musik bricht ab.

„Hallo?" ruft Benjamin mit starker Stimme. „Hallo!"

Aus dem Haus tritt ein Junge mit Sonnenbrille.

3 „Ich spreche deutsch", sagte Benjamin von oben herab. „Mein Name ist Ben Camarra."

Der Junge mit der Sonnenbrille kichert und antwortet: „My name is Memphis Slim!"

Ich hab's geahnt – was bildet der sich ein? denkt Ben und

sagt wütend, mit rollendem R: „Warum du lachen? Schwarze Haut ist so gut wie weiße! Hast du nicht gelernt in Schule?"

„War nicht so gemeint", begütigt Theo verwirrt. „Das ist nur der Anfang von einem Lied, das ich gerade spielen wollte: My name is Memphis Slim. Ich heiße Theo. Wo kommst du denn her?"

„Von Autobahn."

Das hat Theo sich schon gedacht, aber das meint er nicht. Er fragt nochmals: „Woher? Aus welchem Land?"

Und Ben erzählt ihm, ab und zu ein fremdländisch klingendes Wort einstreuend, daß er aus Afrika kommt. Aus Guinea-Bissau. Bens Vater, José Camarra, sei Diplomat. Die Familie lebe seit fünf Jahren in Berlin. Jetzt haben sie Urlaub und fahren auf Besuch zum Bruder seines Vaters, Antonio Camarra, der in Prag arbeitet, natürlich auch als Diplomat. Capito?

Theo nickt. Er hat es gewußt: Eines Tages wird jemand kommen. Was man sich so sehr wünscht, muß in Erfüllung gehen.

„Und was wollt ihr ausgerechnet bei uns?"

Sehr helle ist der Junge nicht, denkt Ben. Was kann ich schon wollen mit einem leeren Eimer. „Wasser."

„Ihr habt 'ne Panne", stellt Theo fest.

„Äußerst scharf kombiniert! Du wirst es noch weit bringen im Leben!"

Theo lacht gutmütig und zeigt Ben den Wasserhahn neben den Stachelbeerbüschen. Er überlegt, wie er den Gast länger bei sich festhalten kann. Vielleicht ein Gespräch über Autos? Was hat die Familie Camarra für einen Wagen?

Ben wirft einen raschen Blick zurück. Die Bäume verdecken die Sicht zur Autobahn, wo der gelbe Octavia steht.

„Einen Citroën", sagt er. „Wir fahren nur französische Autos."

„Die französischen", meint Theo fachmännisch, „die französischen sind am besten ausgestattet. Und sie sehen am besten aus. Schnittig, elegant – und die Farben!"

„Genau!" ruft Ben. „Unserer ist honiggelb. Bei uns ist alles honiggelb, mußt du wissen. Das Auto, das Zelt, die Schlafsäcke, das Campinggeschirr ..."

„Aha“, macht Theo. Ihm ist plötzlich aufgefallen, daß der fremde Junge fließend deutsch spricht und auch das R nicht mehr rollt.

„Honiggelb ist unsere Lieblingsfarbe.“

„Und ihr habt alles dabei? Zelt, Kocher, Schlafsäcke ...?“

„Ja, claro“, sagt Ben ärgerlich. „Wir haben doch Urlaub. Sonst reisen wir natürlich mit Komfort.“

Natürlich. Theo nickt. Warum flunkert ihm dieser Ben Camarra etwas vor? Ob er gemerkt hat, daß ich nicht sehen kann? denkt Theo. Irgendwas stimmt nicht mit diesem Diplomatenjungen. Ich werde es herausfinden! Theo bekommt Spaß an der Sache.

Ben denkt: Dem kann man sonstwas erzählen. Ein richtiger Hinterwäldler. Wie der schon guckt. Theo, blöder Name.

„Willst du was trinken?“ fragt Theo. „Es ist heiß heute.“

„Bei uns zu Hause ist es viel wärmer, sogar im Winter! Aber trinken würde ich gerne einen Schluck.“

Ben folgt Theo ins Haus. In der Küche ist es angenehm kühl. Er schlüpft aus den Sandalen und stellt die Füße auf den Steinfußboden.

Theo holt Gläser aus dem Schrank und eine Flasche Most aus der Speisekammer. Ärgerlich tastet er im Schubfach herum.

„Verdammt!“ knirscht er. „Ich finde den Korkenzieher nicht.“

Ben wirft einen Blick in die Schublade.

„Nimm die Sonnenbrille ab“, schlägt er vor, „dann siehste besser. Da ist er doch!“

„Mensch, wo denn? Mein Vater kann sich nicht dran gewöhnen, daß alles seinen festen Platz haben muß.“

Ben gibt Theo den Korkenzieher und fragt spöttisch: „Du spielst wohl hier die Hausfrau? Bist du allein zu Hause?“

„Mein Vater ist viel unterwegs.“

„Und deine Mutter?“

„Mutter haben wir nicht.“ Theo gießt die beiden Gläser voll.

Ben lacht. „Du mußt doch eine Mutter haben.“

„Hatte ich. Früher.“

„Ist sie tot?“ fragt Ben betroffen.

„Nein. Fort ist sie, nach Berlin. Aber das ist nichts zum Erzählen. Erzähl du mir lieber was von Afrika!"

„Claro!" sagt Ben. „Ich werd dir was erzählen." Er nimmt einen tiefen Zug aus dem Glas, wischt sich den Mund ab und denkt sich etwas aus.

4 Die Hütte meines Großvaters steht oberhalb der Flutgrenze. Sie ist aus Holz gebaut, mit Bananenblättern gedeckt und ruht auf flachen Stelzen, wegen des Regens. Auch die Schlafstatt des Großvaters steht auf Stelzen. Jahr für Jahr regnet es nämlich neun Monate lang. Jeden Tag! Morgens ist der Himmel klar und tiefblau. Am Vormittag ziehen einzelne Wolken auf, die sich rasch vermehren und bald den gesamten Himmel in Besitz nehmen, bis schließlich ein gewaltiger Gewitterregen niederbricht, der bis zum Abend anhält. Und am folgenden Tag das gleiche, neun Monate lang.

Jeden Morgen fährt der Großvater zum Fischen. Manchmal nimmt er mich mit. Im Boot gleiten wir unter den Stelzwurzeln der Mangrovenbäume hindurch. Die Flußmündung ist so breit, daß man kaum das andere Ufer sehen kann, und wenn die Flut das Wasser vom offenen Meer in den Fluß drückt, schauen nur noch die Baumkronen aus dem Wasser. Der Fluß ist braungrün und schlammig. Kolonien von Wasserpflanzen mit großen Schwimmblättern bedecken ihn. Sein Boot hat mein Großvater selbst gebaut aus Bündeln von Schilf, die dicht aneinandergebunden und dabei geformt werden. Natürlich habe ich ihm geholfen, und wenn ich das nächste Mal zu Hause bin, baue ich mir ein eigenes Boot und eine Hütte, denn bei unseren Fischern gilt ein Junge in meinem Alter als erwachsen, er kann sich selbst ernähren.

Mein Großvater ist sehr alt, er weiß die Zahl seiner Jahre nicht. Seine Hände sind knotig vom Wasser und von der Gicht, und im Unterschenkel hat er eine tiefe Narbe von einem Krokodilbiß. Die Krokodile lauern dicht unter der Wasseroberfläche, reglos wie abgestorbene Baumstämme, nur ihre Augenwülste schauen heraus. Man darf ihnen nicht zu nahe kommen, denn dann werden sie plötzlich lebendig.

Dicht und dunkelgrün umschließt der Regenwald das Dorf. Ich habe den Urwald von oben gesehen, aus dem Flugzeug, als wir nach Europa geflogen sind. Ich sah die hundertjährigen Baumriesen, die den übrigen Wald um viele Meter überragen und deren Kronen man von unten nicht wahrnehmen kann, weil die normalhohen Bäume so dicht stehen. Zwischen den Stämmen, im unübersehbaren Gewirr aus Bananenstauden, Ölpalmen, Kaffeesträuchern, Schlingpflanzen, Farnen turnen Schimpansen herum, bunte Vögel und Insekten schwirren durch das Laub. Es herrscht ein ohrenbetäubender Lärm von verschiedenen Tierstimmen, die ich nicht auseinanderhalten kann, weil ich nie im Wald gelebt habe, sondern in der Hauptstadt Bissau, in einem Hochhaus mit Fahrstuhl und Klimaanlage.

Mein Großvater hat mich mitgenommen, als er wilde Bananen ernten ging, und schon nach wenigen Metern hatte ich das Gefühl, nie wieder herauszufinden aus der halbdunklen, feuchtgrünen Wildnis. Aber mein Großvater hat Erfahrung mit dem Wald, er weiß, wie man sich vor Schlangen schützt und vor Leoparden.

Der Großvater kennt die Heilkräfte der Pflanzen und einen Zauber, der reichen Fischfang garantiert. Diesen Zauber hat er mir beigebracht, damit er mir in der Fremde nützen möge. Und wenn du unbedingt willst, singe ich ihn dir vor. Du kannst ihn verwenden, wenn du mal in die Lage kommen solltest, Fische fangen zu müssen.

Der Zauber geht so:

Humba saballa
Humba saballa
Krasam bekawee
ohé ohé!

Und dazu muß man auf eine Trommel schlagen, in einem ganz bestimmten Rhythmus, den kann ich dir nicht erklären, weil er original afrikanisch ist, das begreifen nur Leute, die etwas davon verstehen. Mein Großvater benutzt als Trommel einen Kanister, den der Fluß angetrieben hat. Der Fluß treibt überhaupt vieles an, was von den großen Schiffen draußen weggeworfen und durch die Flut in die Mündung gedrückt wird. Flaschen, Holzkisten mit fremdländischen Aufschriften ... Einmal kam ein großer geschnitzter Stuhl geschwommen und ein andermal ein Sack, darin war ein toter Mann. Wirklich! Den Stuhl haben wir natürlich behalten, er steht jetzt in der Hütte meines Großvaters, und wenn der Regen kommt, kann man ihn an Stricken hochziehen.

Dieser Großvater ist eigentlich mein Urgroßvater, der Großvater meines Vaters. Mein wirklicher Großvater ist als junger Mann von seinen eigenen Leuten umgebracht worden, als der Häuptling starb. Zwölf Männer und Frauen im besten Alter wurden dem Häuptling mit ins Grab gegeben, als Diener. Das war so üblich.

Mein Vater war damals zwölf Jahre alt. Er mußte zusehen, wie sein Vater getötet wurde, und floh daraufhin in die Stadt. Unter der Brücke schlief er nachts, von Abfällen ernährte er sich, es gab keinerlei Aussicht auf Arbeit und ein besseres Leben. Er schloß sich einer Bande an, stahl Schnaps in den Läden, brach in Lagerhäuser ein, raubte Handtaschen. So lebte er fast ein Jahr lang, immer auf der Hut vor der Polizei. Dann wurde er erwischt.

Im Gefängnis aber sollte sich für ihn alles wenden. Er traf nämlich einen Mann, der sich um ihn kümmerte und sein Lehrer wurde. Bei ihm lernte mein Vater lesen und schreiben. Er lernte, warum es Unterdrücker und Unterdrückte gibt. Und daß es nötig ist, das Land von den portugiesischen Kolonialherren zu befreien und von den barbarischen alten Sitten. Und daß es dazu viele mutige junge Männer braucht.

Fünfzehnjährig glückte meinem Vater die Flucht aus dem Gefängnis. Er ging in den Busch und wurde ein Kämpfer der Revolution, wie es ihm sein Mitgefangener geraten hatte, den er übrigens nie wieder sah. Auch nach der Befreiung des Landes konnte er nicht erfahren, was aus ihm geworden ist.

Der Kampf dauerte viele Jahre. Die Genossen schickten meinen Vater nach Europa, in eine Stadt, die Berlin heißt. Er sollte lernen, so viel wie möglich lernen. Denn die Revolution brauchte nicht nur Soldaten, sie brauchte auch Ärzte, Ingenieure, Lehrer, Ökonomen, Rechtsanwälte, Künstler.

Mein Vater studierte in Berlin fünf Jahre. Er war dort befreundet mit einer Studentin aus seinem Land, die Malerin werden wollte. Sie heirateten und bekamen einen Sohn, den nannten sie Ben. Das bin ich. Noch ehe sie ihre Ausbildung beendet hatten, erfuhren sie, daß das Dorf meines Vaters bei den bewaffneten Kämpfen in Rauch und Asche gefallen war. Die gesamte Familie kam um. Nur der Großvater blieb am Leben, weil er mit dem Boot draußen auf dem Meer war. Er verbarg sich zwischen den Riffen, bis die Gefahr vorüber war.

Als die Unabhängigkeit errungen war, wurde mein Vater Sekretär der Botschaft seines Landes Guinea-Bissau in der DDR. Ich gehe in Berlin zur Schule. Mein Land sehe ich einmal im Jahr, in den Ferien. Ich spreche besser deutsch als portugiesisch. Im nächsten Winter werden wir in ein anderes Land geschickt, wahrscheinlich nach Schweden oder nach Bulgarien.

5 Über sein Leben in der Hauptstadt Berlin, fern von Afrika, erzählt der Diplomatensohn Ben Camarra kein Wort.

„Sag was auf portugiesisch“, verlangt Theo.

Ben wehrt ab. Er will mit seinen Sprachkenntnissen nicht protzen, capito?

„Claro“, sagt Theo.

„Wenn wir das nächste Mal heimfahren“, erklärt Ben, „könnte ich einen Freund mitnehmen. Dich zum Beispiel.“

Über Theos Gesicht geht ein Aufleuchten, das Ben peinlich

ist. Jetzt ist er womöglich zu weit gegangen. Der Junge scheint noch naiver zu sein, als ich angenommen habe, denkt er. Als könnte man so ohne weiteres nach Afrika fahren!

„Würdest du mein Freund sein wollen?“ fragt Theo ungläubig. „Du kennst mich doch gar nicht. Hast du in Berlin keinen Freund?“

„Natürlich. Jede Menge sogar.“

„Das kann ich mir denken“, sagt Theo. „Ich habe auch viele Freunde. Aber was ist eigentlich mit deinem Onkel?“

„Welcher Onkel?“

„Der in Prag arbeitet! Zu dem ihr hinfahrt! Der muß doch auch am Leben geblieben sein, als sie euer Dorf vernichtet haben?“

Ben sagt, er wisse nicht genau, wo der Onkel zu jener Zeit war. Schließlich war er selbst damals noch gar nicht geboren.

„Wahrscheinlich“, vermutet Theo, „versteckte er sich mit dem Großvater im Boot zwischen den Riffen. Vielleicht war er auch längst im Busch bei den Revolutionären! Oder im Ausland, wie sein Bruder. Hat er dir nie davon erzählt?“

„Kann sein, ich habe es vergessen. Du hast ja keine Ahnung, was wir für ein Leben führen! Jeden Tag neue aufregende Erlebnisse, da kann ich schon mal dies oder das vergessen. Viele Leute kommen in unsere Wohnung, Kampfgefährten meines Vaters oder Künstlerkollegen von meiner Mutter, manchmal auch Mitarbeiter anderer Botschaften. Und jeder hat mehr Abenteuer erlebt als Old Shatterhand und d'Artagnan zusammen.“

Theo fragt: „d'Artagnan? Wer soll das denn sein?“

„Liest du keine Bücher? *Drei Musketiere*, Mann! Und in vielen Ländern bin ich schon gewesen mit meinen Eltern. Von der Schule bekomme ich jedesmal frei, den Stoff muß ich nachholen, aber das schaffe ich mit links.“

Theo schweigt.

Sein Gesichtsausdruck irritiert Ben.

„Du glaubst mir wohl nicht? Ich werde dir beweisen, daß ich nicht gelogen habe. Meine Mutter ist eine berühmte Künstlerin. Sie hat mir Unterricht gegeben und mir alles beigebracht, was man vom Malen und Zeichnen wissen muß. Ich könnte dich auf der Stelle porträtieren. Glaubst du mir dann?"

„Mich? Wirklich?"

„Natürlich!" Ben zieht einen Stift aus der Hosentasche. „Hast du Papier?"

Eifrig springt Theo auf und holt ein paar Bogen Schreibmaschinenpapier aus seiner Mansarde.

Ben hat inzwischen den Hocker ans Küchenfenster geschoben. „Setz dich hier hin. Dreh den Kopf so, als ob du aus dem Fenster schaust!"

Prüfend betrachtet Ben den anderen Jungen. Theo ist nicht groß, eher gedrungen, er hat kräftige Schultern und Arme, aber ganz schlanke, beinahe zarte Hände. Das kommt sicher vom Klavierspielen, denkt Ben. Theo trägt nur eine Badehose und darüber ein kurzes rotes Turnhemd, er hat dunkelblondes Haar, glatt und kurzgeschnitten. Die Haltung seines Kopfes wirkt ziemlich verkrampft, irgendwie unnatürlich. Ben kennt das: Die meisten Leute müssen sich, wenn man sie zeichnet, erst daran gewöhnen, gemustert und beobachtet zu werden. Theos Gesicht ist oval, und der weiche, leicht geöffnete Mund wirkt ein bißchen einfältig. Die große schwarze Brille stört natürlich, sie verdeckt fast die gesamte obere Hälfte des Gesichts, nicht einmal die Form der Nase ist richtig zu erkennen.

„Die Sonnenbrille mußt du abnehmen", sagt Ben.

„Wieso? Ach, dann lassen wir es lieber." Theo steht auf.

„Du brauchst dich nicht zu genieren", begütigt Ben. „Ich muß nur deine Augen sehen! Und die Jochbeine, wegen der Gesichtsform."

„Vergiß es", antwortet Theo. „Ich glaub dir ja alles. Die Brille kann ich nicht absetzen."

Natürlich will Benjamin den Grund wissen. Er findet Theos Ziererei albern, aber sie paßt zu dem Eindruck, den er von Theo gewonnen hat.

„Ich bin auch ein Künstler", sagt Theo.

Ben lacht auf. Dann aber schiebt er schweigend seinen Stuhl zurück und steckt den Stift wieder ein.

„Was ist denn?" fragt Theo verunsichert.

Ben entgegnet nur: „Gibst du mir jetzt das Wasser?"

Theo jedoch verstellt ihm die Tür. „Warum bist du beleidigt? Weil du der einzige sein willst, der etwas Besonderes kann? Hast du mich noch nie im Fernsehen gesehn?"

Ehe Ben antworten kann, zieht er ihn mit sich nach nebenan, wo das Klavier steht. Theo hofft inständig, daß er vorhin, als er Ben draußen rufen hörte, den Klavierhocker nicht mitten im Zimmer stehen gelassen hat und nun darüber stolpert. Denn sich langsam vorwärts tasten, das kann er jetzt nicht. Er macht ein paar tollkühne Schritte, es geht gut, der Hocker steht an seinem Platz. „Hör zu!" fordert Theo und gibt ein paar Takte Rhythmus vor. Natürlich spielt er *Beer Drinking Woman*:

„The story is true, ladies and gentlemen,
Only the names have been changed
to protect the innocent."

Eine wahre Geschichte von einer Frau, die so viel Bier in sich hineinschüttet, o Mann!, daß sie ihren Kavalier bis auf den letzten Cent ruiniert. Mit dem ganzen Körper genießt Theo den Blues. Er lauscht beiseite, aber von Ben ist kein Ton zu hören. Theo ahnt, daß er gewonnen hat, und wirft sich mit vollem Einsatz in den Refrain:

„Wasn't she a beer drinking woman,
don't you know, man, don't you know?
She was a beer drinking woman,
an' I don' want to see here no more."

Schwungvoll wirbelt Theo auf dem Hocker herum und schreit: „Yeah, man!"

„Klasse!" ruft Ben beeindruckt. „Aber warum verstellst du deine Stimme beim Singen?"

„Noch nie was von Memphis Slim gehört?"

Nein, Ben weiß nicht, daß Slim einer der berühmtesten Bluessänger und -pianisten aller Zeiten ist. Und der singt eben so. Und Theo singt genauso.

Ben ist voller Bewunderung. „Wo hast du das bloß gelernt?"
„Übung, alles Übung", erklärt Theo bescheiden. „Ich bin in einer Spezialschule für Musik, im Internat. In Berlin übrigens. Nach den Ferien können wir uns mal treffen, wenn du auch wieder zu Hause in Berlin bist. Ich hab allerdings wenig Zeit, muß jeden Tag ein paar Stunden üben."
Das versteht Ben. Aber er versteht immer noch nicht, was das alles mit Theos Sonnenbrille zu tun hat.
Das will Theo ihm gerne erklären.

6 Einmal, ich war noch ein kleiner Junge, kam ein fremder Mann auf unseren Hof. Er kam zu Fuß durch die Wiesen, im Regen, und er hat gesungen im Gehen. Er war völlig durchnäßt, aber irgendwie schien ihm das nichts auszumachen, er lächelte die ganze Zeit mit seinen großen weißen Zähnen. Ich hätte beinahe vergessen zu erwähnen, daß er krauses schwarzes Haar hatte und ziemlich dunkelbraune Haut.
Er verbeugte sich vor meiner Mutter und sagte: „My name is Memphis Slim", und er wunderte sich, daß wir noch nie etwas von ihm gehört hatten. Wir konnten uns schlecht mit ihm verständigen, aber endlich begriffen wir, daß er mit seinem Wagen auf der Autobahn liegengeblieben war und dringend Hilfe brauchte, denn er kam von einer Tournee durch Österreich und die Tschechoslowakei zurück und mußte am Abend unbedingt zu einem Konzert in Berlin sein.
Mein Vater war nicht da. Meine Mutter telefonierte mit Alfred, dem die Autowerkstatt im Dorf gehört. Alfred kam sofort und brachte einen Kumpel mit, der Ahnung von amerikanischen Autos hatte, und sie schleppten Slims Wagen auf unseren Hof.
Den halben Nachmittag bastelten sie an dem Cadillac herum, und inzwischen setzte sich Slim an Mutters Klavier

und spielte. Ich saß dabei und hörte ihm zu, er spielte nur für mich und sang seine berühmten Blues und Boogies, mit denen er am Abend in Berlin auftreten würde.

Noch nie hatte ich solche Musik gehört. Ich war total aus dem Häuschen! Slim amüsierte sich über meine Begeisterung. Er holte aus seinem Kofferraum zwei Schallplatten und schenkte sie mir. Daß er mit dem endlich reparierten Auto vom Hof und über den Lehmweg davonfuhr, merkte ich schon nicht mehr. Ich hockte vor dem Plattenspieler und schaukelte hingerissen in dem neuen, berauschenden Rhythmus.

Kurze Zeit später bekam ich meine ersten Klavierstunden, weil ich so hartnäckig darum gebettelt hatte. Bald stellte sich heraus, daß ich ziemlich talentiert bin. Mit sechs Jahren kam ich schon ins Musikschulinternat, um Bluespianist zu werden. Seitdem bin ich schon ein paarmal im Fernsehen aufgetreten. Zuerst in Sendungen, wo junge Talente vorgestellt werden, und später zusammen mit richtigen Berufsmusikern.

Vorige Woche hatte ich Aufnahmen in Adlershof für das Weihnachtsprogramm. Das wird nämlich jedes Jahr bereits im Sommer aufgezeichnet. Warst du schon einmal in einem Fernsehstudio? Ich hatte eine eigene Garderobe, wo ich mich umzog. Das Kostüm ist extra für mich geschneidert worden, es war ein Westernanzug mit Lederfransen und Cowboyhut. Ich wurde braun geschminkt, und meine Haare wurden nachgeschnitten. Dann ging ich über den Flur direkt in den Raum, wo die Aufnahmen sein sollten. Das Studio ist ein riesiger Saal, dort waren die Dekorationen aufgebaut. Von hinten sieht man nichts als Pappe und Leisten und Kabel, aber vorne wirkt alles ganz echt. Nur nach oben darfst du nicht gucken, da sitzen die Beleuchter. Die gesamte Sendung spielt auf einem Dampfer, einem Raddampfer, der den Mississippi hinunterfährt. Wenn du *Tom Sawyers Abenteuer* kennst, weißt du, wovon ich rede. Alles ist da: Ober- und Unterdeck, Maschinenraum, Kombüse … Der Käptn ist ein bekannter Schauspieler und der Koch auch. Die Passagiere sind Kleindarsteller, man nennt sie auch Statisten. Sie müssen auf dem Schiff herumlaufen und sitzen und Bier trinken, und ich spiele ihnen auf dem Klavier vor, damit sie sich auf der langen Reise amüsieren können. Und zwischendurch sieht man Filmaufnahmen vom Wilden Westen. Die Scheinwerfer sind unheimlich heiß, ich kam mir wirklich vor wie im Hochsommer auf dem Mississippi. Aber ich durfte nicht einmal mein Halstuch abbinden, und aller paar Minuten tupfte mir eine junge Frau den Schweiß ab. Vorher hatte mir der Regisseur genau erklärt, an welcher Stelle des Liedes ich in welche Richtung blicken sollte. Alles wurde mehrmals geprobt, und ich wurde immer nervöser.

Zum Schluß war ich so geblendet von dem grellen Licht, daß ich überhaupt nichts mehr sehen konnte. Ich habe eine gepfefferte Bindehautentzündung. Deshalb brauche ich jetzt die Sonnenbrille. Ich kann kein Licht vertragen. Es wird zwei Wochen dauern, dann ist alles wieder in Ordnung.

7 „Die Sendung sehe ich mir unbedingt an!" verspricht Ben. „Und danach schreibe ich dir, wie es mir gefallen hat."

„Ach", sagt Theo, „es hat nicht besonders gut geklappt. Was ich dir eben vorgespielt habe, war viel besser. Vielleicht schneiden sich mich überhaupt raus und nehmen dafür etwas anderes. Beim Fernsehen ist das leicht möglich."

„Das sagst du so ruhig?" ruft Ben enttäuscht. „Macht dir das gar nichts aus?"

Betont gleichgültig winkt Theo ab. „Das ist nun wirklich nicht das Wichtigste."

Sie sitzen in der kühlen Küche und fühlen sich wohl miteinander. Und sie haben gar keine Lust, sich schon wieder zu trennen. Viel lieber würde jeder der beiden Jungen vom anderen noch mehr erfahren wollen. Sie sind ja beide so außergewöhnliche Burschen!

„Du zeichnest nicht", sagt Theo plötzlich mißtrauisch.

Ben antwortet zögernd: „Ich müßte längst zurück sein.

Meine Mutter wartet auf das Wasser. Wir wollen heute noch im Elbsandsteingebirge sein. – Dort wollen wir übernachten", setzt er rasch hinzu, als er merkt, daß er sich beinahe verraten hätte. „Morgen fahren wir weiter nach Prag."

Theo denkt: Wenn ich ihn anfassen könnte. Ich brauchte nur seine Haare anzufassen. Dann könnte ich ihm ins Gesicht sagen, daß er gelogen hat. Ich bin nicht wütend auf ihn deswegen, ich will nur wissen, warum er das macht. Er kann gar nicht portugiesisch. Erst sagt er, er kann zeichnen, und dann tut er's nicht. Er hat nicht mal gemerkt, daß ich blind bin, weil er so sehr mit sich selber beschäftigt ist. Halt – wenn er es nicht gemerkt hat, dann hat er doch auch nicht gelogen. Aber irgendwas stimmt nicht mit Ben. Womöglich heißt er gar nicht Ben.

„Wir könnten ...", beginnt Theo vorsichtig, „wir könnten Alfred anrufen. Alfred, der damals Slims Auto repariert hat. Er ist ein Freund von uns, und wenn ich sage, du bist mein Freund ..."

Kein Widerspruch von Ben.

„Du bist mein Freund und hast mit deiner afrikanischen Diplomatenfamilie und mit deinem Citroën Pech gehabt ... Alfred traut sich an jeden Wagentyp! Wenn ihr nicht gerade ein Ersatzteil braucht, hilft er euch. Bestimmt!"

„Vielleicht rufen wir lieber den Abschleppdienst an", murmelt Ben, „damit sie uns in die nächste Werkstatt bringen."

„Die nächste Werkstatt", sagt Theo achselzuckend, „das ist Alfred. Wahrscheinlich dauert es eine Weile, und ihr könnt erst heute abend weiterfahren", setzte er aufs Geratewohl hinzu. „Oder morgen früh. Wir würden inzwischen zusammen etwas unternehmen. Angeln gehen zum Beispiel. Du hast doch Ahnung vom Fischen."

„Also gut", sagt Ben. „Ich nehme erst mal den Eimer Wasser und sage meinen Leuten Bescheid."

„Ich komme mit", bestimmt Theo. Er vermutet, daß Ben sich davonmachen will.

„Nein, nein! Wozu denn?"

„Wir wechseln uns beim Tragen ab. Der Eimer wird schwer sein."

Theo geht aus der Küche und aus dem Haus, der Plastikeimer steht neben der Tür. Er hat gehört, wie Ben ihn vorhin dort abgestellt hat. Theo läßt Wasser einlaufen. „So. Wir können gehen."

„Warte", sagt Ben. „Jetzt zeichne ich dich doch."

Er läuft zurück in die Küche, kommt wieder mit dem Papier und hockt sich auf die Schwelle.

„Du sollst nicht denken, daß ich nicht zeichnen kann. Bleib einfach da stehen, lehn dich meinetwegen an die Mauer."

Jetzt schweigen sie.

Theo fühlt sich unsicher.

Beobachtet ihn der fremde Junge? Angestrengt lauscht er. Er hört nichts. Ben ist nicht nahe genug bei ihm. Ist er überhaupt noch da?

„Ben?"

„Was?"

„Hast du schon viele Leute porträtiert?"

„Nicht viele. Meine Mutter habe ich schon mehrmals gezeichnet und sie mich. Wir haben beide genug Geduld, um uns gegenseitig Modell zu sitzen. Manche Leute wollen sich übrigens nicht zeichnen lassen. Es macht sie verlegen. Oder vielmehr sind sie von Natur aus unsicher und wollen deshalb keine allzu aufmerksamen Blicke auf ihren Gesichtern dulden – sagt meine Mutter."

„Mir macht es nichts aus!" beteuert Theo.

Ben lacht. „Das stimmt doch gar nicht! Du wirkst verklemmt und steif! Ich mache übrigens kein Porträt, ich will die ganze Figur zeichnen. Komisch, ich komme mit deinem Gesicht nicht zurecht."

„Wieso? Ich habe ein ganz gewöhnliches Gesicht."

„Du hast einen ungewöhnlichen Gesichtsausdruck. Als ob – als ob du angestrengt auf etwas horchst! Auch deine Kopfhaltung …"

Theo wagt nicht, sich zu bewegen.

Ben zeichnet.

Die Sonne steht schon hoch.

„Ich krieg's nicht hin", sagt Ben schließlich. „Erst dachte ich, es liegt an der schwarzen Brille. Die Augen, mußt du wissen, sind das Wichtigste."

Alarmiert fragt Theo: „Wie meinst du das?"

„Komm her, sieh dir das an!" verlangt Ben. „Ich geb's auf. Für dich würde ich mehr Zeit brauchen. Meine Mutter sagt immer, ich müßte viel ruhiger werden, mir Zeit lassen, nichts übers Knie brechen."

Ben hält Theo das Blatt hin und fordert ihn auf, seine Meinung zu sagen.

Theo wehrt ab. Er sagt, daß er keine Ahnung vom Zeichnen habe. Insgeheim aber fürchtet er, der andere könne sich über ihn lustig machen und ihm ein leeres Stück Papier hinhalten.

Ben denkt, daß irgend etwas mit diesem Klavierspieler los sein muß. Theo interessiert ihn. Zeit müßte man haben! Ben hockt auf der Hausschwelle, ein großer Birnbaum spendet Schatten. Er sieht über den geräumigen, unordentlichen Hof hin, neben dem Haus wuchert der Garten über den Zaun, es ist sehr still, und Ben wünscht sich, hier noch eine Weile bleiben zu können und Theo sein Geheimnis zu entlocken. Er muß ein Geheimnis haben, er ist anders als andere Jungen, die Ben kennt, und das kann doch nicht nur vom Klavierspielen kommen – oder?

„Ich würde viel lieber mit Farben malen", sagt Ben und schaut Theo ins Gesicht. „Aber meine Mutter sagt, erst muß ich das Lineare besser beherrschen. Sie hat mir schon viel beigebracht, Perspektive, Raumaufteilung und solche Sachen. Aber Farben, das ist etwas ganz anderes!"

Theos Miene bleibt unbewegt.

Der glaubt mir nicht, denkt Ben. Und er sucht nach einer Möglichkeit, sich verständlich zu machen. „Zum Beispiel euer Haus!" ruft er. „Ich habe es mir genau angesehen vorhin, als ich von der Wiese her kam. Das ganze Gehöft wirkt erst richtig durch die Farben! Das sind lauter gegeneinander gesetzte Farbflächen!"

„Wirklich?" fragt Theo ungläubig.

„Klar! Ich erklär's dir, du mußt nur hinsehen." Ben nimmt die Hände zu Hilfe, weist hierhin und dorthin, umreißt in der

Luft Flächen und Formen. „Schon der Kontrast zwischen den hellen Mauern und dem dunklen Dach erzeugt eine Spannung! Und die kann man noch verstärken durch einzelne Flecken von Englischrot – dort, wo das Dach mit den neuen Ziegeln ausgebessert ist. Das Rot kehrt wieder in den Ziegelmauern vom Stall. Und die verschiedenen Arten von Grün! Grün ist überhaupt die Farbe, die in der Natur die meisten Abwandlungen hat, findest du nicht? Schon die Wiese zeigt verschiedene Farbtöne, dazu die dunklen Birnbäume, die helle Linde – das ist alles so... so...", Ben sucht mit beiden Händen nach Worten. „Das baut sich aufeinander auf, ganz harmonisch! Wie ein Akkord!"

„Wie ein Akkord, verstehe!" sagt Theo interessiert. Er stößt sich von der Mauer ab und hockt sich neben Ben. So kann Ben ihn nicht mehr dauernd anschauen und denkt vielleicht, Theo sieht das gleiche wie er selbst.

„Schaust du dir alles, was du siehst, so genau an? Das stelle ich mir wunderbar vor."

„So genau ich kann. Meine Mutter sagt, man muß einen Menschen oder ein Ding oder eine Landschaft so lange betrachten, bis man das Besondere daran entdeckt hat. Sie sagt, ich habe einen guten Blick. Was man mit Stift und Farben alles machen kann, das ist erlernbar, wie ein Handwerk. Das Wichtigste ist, daß man sehen kann."

„Was du für Sprüche machst!" sagt Theo spöttisch. Er ärgert sich, daß Bens letzter Satz ihn verletzt hat.

„Es ist aber wahr!" ruft Ben.

Theo steht auf und berührt dabei wie absichtslos Bens Haar. Es faßt sich dick und kraus und spröde an. Also doch! denkt Theo. Aber warum lügt er mir was vor? Theo versteht überhaupt nichts mehr. Entschlossen zerrt er Ben von der Schwelle hoch und ins Haus. Die Zeichnung flattert über den Hof.

„He, was ist los?" fragt Ben verdutzt.

Da sind sie schon auf der Treppe. Oben stößt Theo eine Türe auf. Hier steht der Schreibtisch, an dem sein Vater jeden Freitag seinen Papierkram erledigt. Im linken unteren Schubfach liegt der Fotoapparat und daneben der Feldstecher.

Theo nimmt den Feldstecher und zieht das Rollo hoch. Sonne dringt ins Zimmer.

Erschrocken kneift Ben die Augen zusammen. Er sieht die Wiese, durch die er gekommen ist, die Autobahn und – von hier oben aus ganz unverdeckt – das gelbe Auto.

Theo reißt die Fensterflügel auf und hebt den Feldstecher an die Augen.

8 Mit einer groben Bewegung windet Ben das Fernglas aus Theos Hand.

„He!“ macht Theo gelassen. Er ist nicht erschrocken, und er wundert sich nicht. Er hat es gewußt. Jetzt wartet er ruhig ab, was geschehen wird.

Er steht dicht genug neben Ben, daß er riechen kann, wie er schwitzt, und hören, wie gepreßt er atmet. „Ich wollte nur euren Citroën ...“, sagt er schließlich.

„Es ist ein uralter, klappriger Octavia“, entgegnet Ben aggressiv. „Na und?“

Theo schweigt und wartet. Er dreht sich nicht um, weil er denkt, Ben wird leichter reden können, wenn er ihn nicht anstarrt.

„Die Frau, die du dort auf der Böschung sitzen siehst ...“

„... ist natürlich deine Mutter“, ergänzt Theo.

„Daß kein Vater dabei ist, siehst du ja auch“, sagt Ben. „Der mußte nach seinem Studium zurück nach Guinea-Bissau, noch eh ich geboren war. Er schreibt manchmal.“ Ben schaut durch den Feldstecher. „Sie zeichnet immer noch“, stellt er erleichtert fest. Wieviel Zeit mag vergangen sein, seit er mit dem Eimer losgegangen ist?

„Daß sie eine Künstlerin ist, das stimmt also?“ fragt Theo behutsam.

„Ach, nein. Zeichenlehrerin ist sie. Sie hatte ein Kunststudium angefangen. Aber dann war sie schwanger und glaubte, sie schafft das nicht, mit Kind und ohne Mann, und ihre Eltern haben sie zu Hause rausgeschmissen. Sie arbeitete in der Schuhfabrik, dann im Museum, und später hat sie ein Fernstudium als Lehrerin gemacht. Das war alles ziemlich schwer für sie. Und jetzt sind wir in Koltzien. Das liegt in Mecklenburg. Wir wollen zurück nach Berlin, wo sie gearbeitet und studiert hat, aber es klappt und klappt nicht. In Berlin gibt es übergenug Zeichenlehrerinnen! Und deswegen ..." Bens Stimme beginnt zu zittern. „Ich geh jetzt."

Theo dreht sich rasch um und greift nach ihm, hält ihn fest. „Hast du gedacht, ich lache dich aus, Mann? Weil du braun bist? Hast du mir deswegen den ganzen Schwindel erzählt von Afrika? In Berlin laufen massenhaft afrikanische Studenten rum und Vietnamesen und Touristen aus Indien und Araber und ..."

„Du bist schon in Ordnung", wehrt Ben ab. „Du hast ja nicht gelacht."

„Gefällt dir dein eigenes Gesicht nicht? Oder deine Hautfarbe? Denk mal dran, wie viele Leute sich freiwillig in die Sonne legen, stundenlang! Nur um braun zu werden!"

Wider Willen muß Ben lachen.

„Nicht alles war gelogen, was ich dir von Afrika erzählt habe. Mein Vater hat mir viel geschrieben. Er arbeitet im Handelsministerium. Ich habe eine Menge Ansichtskarten, die zeige ich dir bei Gelegenheit."

„Ich glaub dir ja!" sagt Theo. „Ich kann mir vielleicht vorstellen, wie dir zumute ist. Du bist anders als die anderen, jedenfalls äußerlich. Und du bildest dir ein, daß du nicht richtig dazugehörst, daß du nicht akzeptiert wirst."

„Woher willst du denn das wissen?"

„In unserer Schule haben wir ein Mädchen, das ist eine großartige Pianistin. Viel, viel besser als ich! Es steht schon fest, daß Susanne nach der Schule Musik studiert. Aber sie ist blind. Und deshalb denkt sie manchmal, besonders bei Fremden, daß sie bemitleidet und nicht für voll genommen wird. Das kann einer, der blind ist, nicht vertragen. Sie wird dann ganz komisch, richtig arrogant, und erzählt die seltsamsten Dinge, nur um Eindruck zu machen. Sie ist auch ganz verrückt danach, Freunde zu haben, die sehen können. Sie braucht das, verstehst du?"

„Na, sie hat doch euch! Das ganze Internat voll Kinder, die sehen können!"

„Ja, sicher", sagt Theo verwirrt. „Ich wollte ja nur ein Beispiel erzählen. Bei dir ist das bestimmt nicht so, du bist nicht wirklich anders. Und du hast viele Freunde. Hast du vorhin selber gesagt."

„Kannst du dir vorstellen", fragt Ben, „daß jemand seine Mutter richtig gern hat? Wie einen Freund? Würdest du so einen Muttersöhnchen nennen?"

Theo lacht. Wieso soll er sich das nicht vorstellen können?

Ben erinnert Theo daran, daß er ihm gesagt hat, er lebe ohne Mutter.

„Ach", meint Theo, „das ist eine ganz andere Geschichte, die erzähle ich dir später mal."

Ben sagt: „Ich habe noch nie mit jemandem darüber gesprochen. In Koltzien kennt uns jeder. Und unheimlich viele Leute haben 'ne feststehende Meinung über meine Mutter. Weil sie sich mit einem Afrikaner eingelassen hat."

„Das glaub ich nicht!" ruft Theo.

„Und ob du das glaubst! Sogar meine eigenen Großeltern, also die Eltern meiner Mutter, wollen mit uns nichts zu tun haben. Wegen der Schande! Sie haben ihre einzige Tochter vor die Tür gesetzt, gerade als sie am nötigsten Hilfe gebraucht hätte. Das war zwar nicht in Koltzien, dafür aber in der eigenen Familie. Jetzt wollen wir mit ihnen auch nichts mehr zu tun haben, versteht sich. Und erst Fremde ..." Ben erzählt dic Geschichte aus der Dorfkneipe.

Theo entgegnet, Ben sei zu empfindlich, auf das Gerede von Betrunkenen dürfe man überhaupt nichts geben.

„Du hast keine Ahnung. Das sind auch nicht immer Geschichten, die man erzählen kann. Das sind gewisse Blicke und Getuschel hinterm Rücken. Und wenn man mal eine Zicke macht, gibt es immer jemanden, der das vorausgesehen hat!

Und dann die alten Frauen, die mir in die Haare fassen und ‚armer Junge' sagen!"

„Nimmst du so was ernst?" fragt Theo. „Irgendwann gewöhnt man sich doch daran. Die meisten Leute sind nicht so, hab ich festgestellt. Und die paar, die nichts mit sich anzufangen wissen, die suchen sich etwas, worüber sie sich die Mäuler zerreißen können. Die sind dankbar, wenn ihnen solche wie wir über den Weg laufen! Ich meine, einer wie du. Und wenn sie gar noch Mitleid zeigen dürfen, fühlen sie sich großartig, richtig edel!"

„Genau!" ruft Ben wütend. „Stell dir vor, bei meiner Mutter im Unterricht hat einer aus der Neunten immer nicht mitgezeichnet. Grundsätzlich nicht! Meine Mutter schrieb seinen Eltern, wenn das so weitergeht, bekommt er auf dem Zeugnis eine Fünf, auch wegen Zeichnen kann man sitzenbleiben. Da hat er in der nächsten Zeichenstunde behauptet, seine Mutter hätte gesagt: Eine mit einem so sichtbaren Schandmal sollte lieber ganz stille sein und nicht versuchen, die Kinder anständiger Leute zu erziehen!"

Theo ist empört. So etwas hat er noch nie gehört! Er selbst wurde oft bedauert, aber beleidigt? Da kann Bens Mutter doch zur Polizei gehen! Oder zum Gericht! Auf jeden Fall eine Anzeige, wegen Beleidigung!

„Was würde das ändern?" fragt Ben. „Ich dachte, ich könnte das selber in Ordnung bringen. Rächen wollte ich uns! Ich Kamel! Ich hab alles versaut."

Ben staunt über sich selbst. Endlich kann er mit jemandem reden. Mit einem Fremden, der aber sein Freund sein will, das fühlt er ganz deutlich. Mit einem, dem sein Problem neu ist, dem er erklären kann, warum er meint, manchmal ein Außenseiter zu sein. Beim Erklären, merkt Ben, wird einem selbst manches klarer.

Ben erzählt, wie seine Mutter an jenem Tag aus der Schule kam. Wie sie geheult hat. Sie setzte sich vor den Fernseher und begann Wodka zu trinken, mehrere Gläser hintereinander, und Ben bekam Angst, denn das hatte er bei ihr noch nie erlebt. Sie weinte immer mehr, immer lauter. Ben wußte nicht, was er machen sollte. Er hatte nur den inständigen Wunsch, irgend etwas zu zerschlagen.

Er rannte zu dem kleinen Eckladen, in dem die Mutter jenes Jungen Tabak und Spirituosen verkaufte. Durch die niedrige, ebenerdige Schaufensterscheibe sah er Frau Schlenzer hinter dem Ladentisch stehen – eine freundliche, flinke Frau, die außer dem Fünfzehnjährigen noch zwei andere Kinder hatte und einen Mann bei der Eisenbahn. Ben dachte: Jeden Monat am Zahltag geben sie brav ein paar Mark ab für die Solidarität, für den Freiheitskampf der unterdrückten Völker, und ihren drei Kindern bringen sie bei, daß es eine Schande ist, ein Kind von einem Afrikaner zu kriegen! Und die Kinder bringen das später ihren eigenen Kindern bei! Darf man denn das dulden? Und in der Absicht, Frau Schlenzer einen Denkzettel zu verpassen, stieg er die vier Stufen hinunter und öffnete die Tür. Der Laden war leer. Ben verlangte ein Päckchen gemahlenen Kaffee, und als Frau Schlenzer mit der elektrischen Kaffeemühle beschäftigt war, nahm er rasch zwei Flaschen Likör aus dem Regal und steckte sie in seinen Beutel. Er meinte, Frau Schlenzer müßte bei der Abrechnung das fehlende Geld aus der eigenen Tasche ersetzen.

Aber da riß ein Tabakkunde die Ladentür auf, er hatte Ben von draußen beobachtet, entwand ihm nun den Beutel und hielt ihn derb am Genick fest. Die Volkspolizei wurde verständigt, und Frau Schlenzer ließ sich zu der Bemerkung hinreißen, sie hätte gewußt, daß es mit diesem Jungen so enden müßte.

Das Schlimmste kam aber noch. Wegen Bens Diebstahl fand eine Versammlung in der Schulaula statt, zu der alle oberen Klassen kommen mußten. Ein Staatsanwalt hielt eine lange Rede darüber, warum Ben den Schnaps gestohlen hatte. Er sagte, daß sich unüberlegtes und provozierendes Verhalten Heranwachsenden gegenüber bestimmt nicht gut auf ihre Entwicklung auswirke. Ein wichtiger Grundsatz des menschlichen Zusammenlebens bestehe in der Gleichberechtigung, und niemand dürfe ungestraft einen anderen wegen seiner Hautfarbe beleidigen.

Aber Ben war ja gar nicht beleidigt worden, sondern seine Mutter. Der betreffende Schüler hatte bereits einen strengen Verweis erhalten. Frau Schlenzer stritt ab, jemals eine solche Bemerkung gemacht zu haben, und schob alles auf ihren Sohn.

Ben mußte vierzig Stunden im Stadtpark arbeiten, als Erziehungsmaßnahme: Laub zusammenharken, Beete umgraben, Wege reinigen. Sollte er allerdings noch einmal eine ungesetzliche Handlung begehen, würde er nicht so glimpflich davonkommen.

Zum Schluß mußte Ben sich bei Frau Schlenzer entschuldigen. Und das hielt er für eine Zumutung, vor allem deshalb, weil alle zusehen und zuhören würden. Er wußte eigentlich immer noch nicht genau, ob er nicht im Recht gewesen war mit seiner Tat. Natürlich: Stehlen ist keine Lösung. Aber Entschuldigen auch nicht.

Doch da stand Bens Mutter auf, nahm ihn um die Schultern und entschuldigte sich laut und deutlich bei der Verkäuferin für die Tat ihres Sohnes. Vor aller Augen und Ohren. Nun murmelte auch Ben ein paar Worte, und die Sache war ausgestanden. Frau Schlenzer begann zu schluchzen und sagte, das täte ihr alles so leid, der Junge könne ja am allerwenigsten dafür, daß man *es* so sieht.

„Das war die ganze Geschichte", sagt Ben.

Theo atmet tief und hörbar durch. „Die Leute gebrauchen ihre Köpfe zuwenig!"

„Ich verstehe nicht", sagt Ben erregt, „warum manche mich bemitleiden! Ich bin weder lahm noch blind und auch nicht herzkrank."

Theo sagt darauf nichts. Gern würde er sich ausführlich mit Ben unterhalten. Aber dann müßte er ihm sagen, daß …

Theo stellt fest, daß er sich selbst den Weg verbaut hat. Ben vertraut ihm, erzählt ihm, was ihn quält und was ihn ärgert. Und Theo? Theo belügt ihn die ganze Zeit, indem er so tut, als ob er alles sieht. Beweist diese Lüge nicht, daß Theo sich auch für sein Anderssein schämt? Warum eigentlich? Theo verflucht sich jetzt wegen seiner Fernsehstar-Story. Aber das läßt sich später in Ordnung bringen, hofft er. Falls es ein Später gibt für uns beide. Wenn ich ihm jetzt die Wahrheit sage, hört er mir gewiß nicht mehr zu. Er nimmt einfach seinen Eimer und kommt nicht wieder. Es ist noch zu früh.

9 „Nachdem das passiert war“, erzählt Ben weiter, „sagte meine Mutter, an allem sei sie schuld. Sie hätte auf die blöde Bemerkung falsch reagiert, vor allem in meiner Gegenwart. Und sie hätte mich zu sehr mir selbst überlassen, das müßte anders werden.“ Und dieser Beschluß, meint Ben, war die positive Kehrseite der ganzen Geschichte.

Bens Mutter nahm den Jungen und fuhr mit ihm zeichnen, jede Woche einmal, manchmal öfter. Um ihn unter Kontrolle zu halten und ihm zu helfen, mit seiner freien Zeit sinnvoll umzugehen. Aber was die Mutter als notwendige Erziehungsmaßnahme ansah, das wurde für den Jungen bald zur liebsten Beschäftigung. Gemalt hatte er schon als kleiner Junge gern. Es machte ihm bald großen Spaß, unter der Anleitung der Mutter in allem nach dem Besonderen zu suchen und es mit dem Stift aufs Papier zu bringen.

„Ich zeichne erst seit einem Jahr“, sagt Ben. „Ich kann noch viel lernen!“

Er schaut durch den Feldstecher. Jetzt stehen neben dem Schlehengestrüpp zwei Autos: der gelbe Octavia und ein dreifarbiger Lada, an dessen Tür quer und schwarz LADA geschrieben steht. Ein Mann hat sich dicht bei der Mutter auf der Böschung niedergelassen. Er gestikuliert beim Reden mit den Händen, wirft lachend den Kopf zurück, und dann tippt er gar mit dem Finger auf Mutters Zeichnung, so daß sie den Block zuklappt.

„Guck dir das an!“ sagt Ben ärgerlich. „Da sucht wieder einer Anschluß.“

„Passiert das öfter?“ will Theo wissen.

„Oft genug. So, wie meine Mutter aussieht ... Auf lange blonde Haare fliegt doch jeder Mann. Sie braucht nur am Straßenrand an unserer alten Kutsche herumzuhantieren, schon steht einer daneben und nimmt ihr den Wagenheber aus der Hand. Schnell mal ein bißchen flirten, das wollen alle gern. Aber wenn sie dann mich sehen ..."

„Was dann?" fragt Theo, obwohl er schon weiß, was kommt.

„Wer tut sich denn mit einer Frau zusammen, die ein Kind von einem Afrikaner hat? Jeder würde gleich sehen, daß es nicht der eigene Sohn ist!"

„Das glaub ich nicht!" sagt Theo wieder. „Nicht alle Leute sind so."

„Sicher nicht", gibt Ben zu. „Meine Mutter hat ja schon manchmal einen Freund gehabt. Aber nie für lange. Sie wartet auf den Richtigen! Es reicht ihr schon, in einem Ort leben zu müssen, den sie nicht mag. Um so wichtiger wäre es, daß der Mann hundertprozentig stimmt, behauptet sie."

„Wie meint sie denn das?"

Darüber hat Ben auch schon nachgedacht, ohne völlig dahinterzukommen. „Der dort stimmt jedenfalls nicht mal fünfzigprozentig, das seh ich aus der Entfernung!" sagt er und zeigt zur Autobahn.

Theo hebt den Feldstecher vor seine dunkle Brille und sagt: „Sieht gut aus, deine Mutter."

Ben fragt plötzlich: „Und dein Vater? Was ist das für einer?"

Theo erklärt, daß er seinen Vater großartig findet. Daß der Vater von mittlerer Größe ist, breite Schultern hat und noch keinen Bauch, daß er bald vierzig wird und früher viel und laut gelacht hat, ehe Theos Mutter fortging. Und daß er Theo seine Selbständigkeit läßt. Das ist das Wichtigste! „Er ist Klempner", sagt Theo.

„Ach!" Ben winkt enttäuscht ab. „Dann kommt er gar nicht erst in Frage. Das ist nichts für meine Mutter. Sie braucht was Geistiges, verstehst du? Jemanden, mit dem sie sich über Kunst unterhalten kann. Sie ist ein ganz und gar ästhetischer Typ – falls du begreifst, was ich meine."

Theo begreift nicht.

„Alles muß stimmen!" erklärt Ben. „Früher hab ich manchmal ein grünes Nicki zur blauen Hose angezogen, aber das hab ich mir abgewöhnt, weil so was sie zum Wahnsinn treibt. Es ist nämlich nicht zu glauben, wie viele Leute sich, obwohl sie genug Geld haben, geschmacklos anziehen oder ihre Wohnung verderben, weil sie keine Ahnung von Kultur haben. Das kann man aber lernen. Zum Beispiel würde ihr euer Haus gefallen, weil ihr seinen Charakter nicht verändert habt. Die alten Fenster habt ihr gelassen und keine eisernen Gitterchen und solches Zeug angebracht."

Theo nickt verständnisvoll. Heimlich denkt er daran, daß der Vater schon lange plant, moderne Kippfenster einzusetzen, er hatte nur noch keine Zeit, welche zu besorgen.

„In unserer Wohnung paßt alles zusammen", sagt Ben. „Die Möbel sind dunkelbraun, die Wände weiß. Und alles andere ist honiggelb, das ist unsere Lieblingsfarbe."

„Gelb vermittelt den Eindruck von Licht und Wärme", sagt Theo. Das hat er in der Schule gelernt. Aber ob honiggelb oder tomatenrot – warum soll sein Vater für Bens Mutter nicht in Frage kommen?

„Mein Vater liebt die Kunst auch!" trumpft er auf. „Er singt im Gesangverein. Sogar Stimmführer ist er!"

Ben horcht auf. Musik ist schließlich auch Kunst. Überhaupt müßte man der Sache etwas nachhelfen. Käme es nicht auf einen Versuch an? Wenn die Mutter einen Mann hätte, würden die Schandmäuler schon verstummen. Einen Mann, der uns fortholt aus Koltzien, denkt Ben.

Theo gefällt ihm. Das Vorwerk gefällt ihm. Der Mutter gefällt es auch, sonst würde sie es nicht so ausdauernd zeichnen. Ben hört Theo nicht mehr richtig zu, der von den Männern im Gesangverein berichtet. Mit einigen ist sein Vater befreundet. Zum Beispiel mit Alfred, der die Autowerkstatt hat. Und mit dem Agronomen von der Genossenschaft. Und mit dem Stellmacher, der mit der Hebamme verheiratet ist.

„Sie helfen sich alle gegenseitig", erzählt Theo. „Dazu ist Freundschaft da, sagt mein Vater. Früher haben wir auch oft zusammen gefeiert, im Garten hinter der Scheune."

Da fällt Theo ein, daß er Ben noch etwas zeigen muß. Vielleicht möchte Ben hierbleiben, wenn er erst alles gesehen hat? Warum sollte seine Mutter nicht allein ins Elbsandsteingebirge reisen? Oder womöglich will sie auch hierbleiben? Eigentlich hat Theo noch nie daran gedacht, daß er eine neue Mutter nötig hätte. Und ihm kommt es vor allem auf Ben an. „Komm mit, Ben!"

Die Jungen gehen die Treppe hinunter und durch den Hof. Kolumbus läuft ihnen zur Scheune nach. Theo öffnet die kleine Pforte, die in das schwere, fuderhohe Holztor eingelassen ist, und verschwindet irgendwo im Scheunendunkel.

Ben sieht nichts und bleibt stehen. „Gibt es hier kein Licht?"

„Warte, gleich!" ruft Theo zurück. Er öffnet das hintere Scheunentor.

Licht strömt herein. Ben kann erkennen, daß die linke Hälfte der Scheune mit einer Mauer abgetrennt wurde. Durch ein großes Fenster blickt er in die Werkstatt von Theos Vater: Rohre in allen Längen und Stärken liegen da, zwei in Holzwolle gepackte Waschbecken, eine Gasflasche, ein riesiges Regal voller verschiedener Eisenteile ... Die rechte Seite der Scheune ist leer.

Hier wäre Platz für unseren Octavia, denkt Ben. Oder man könnte die ganze Hälfte ausbauen, ein großes Fenster durchbrechen und ein Malatelier einrichten für Mutter und mich!

Ben läuft Theo nach.

Hinter der Scheune befindet sich eine kleine viereckige Wiese, und mitten in der Wiese ein gemauertes Schwimmbekken.

„O Mann!" stöhnt Ben. Die Überraschung ist gelungen.

Zufrieden registriert Theo Bens Begeisterung. „Das haben wir selber gebaut! Die Freunde meines Vaters haben alle mitgeholfen."

Früher, als Theos Großvater noch lebte, lag hier hinten der Grasgarten für die Schafe. Die Schafe hatten vor dem Scheren so dicke Wolle auf dem Rücken, daß Theo die Hand bis übers Gelenk hineinstecken konnte.

„Als mein Großvater starb, hat Vater sämtliches Viehzeug

abgeschafft. Den Acker bekam sowieso die Genossenschaft, wir behielten nur die Wiese an der Autobahn. Vater baute das Haus und die Werkstatt aus und legte seine Meisterprüfung ab. Er ist der einzige Klempner für ganz Altenhausen und die Bungalowsiedlung!"

„Kann ich mal reinspringen?" fragt Ben.

„Claro!" antwortet Theo.

Das Wasser ist viel zu warm, aber das macht nichts. Ben schwimmt rasch ein paarmal in dem kleinen Becken rundherum. Er taucht und macht einen Flickflack unter Wasser. Aber Theo sagt nichts zu seinen Schwimmkünsten. Ben bremst sich, er will nicht schon wieder angeben. „Kommst du nicht ins Wasser?" ruft er.

Theo mag nicht.

Ben vermutet: Wer das alle Tage hat, für den ist das natürlich nichts Besonderes mehr.

Theo denkt aber daran, daß er beim Schwimmen die Brille abnehmen müßte, Ben würde seine Augen sehen und merken, daß er ihm die ganze Zeit etwas vorgemacht hat.

Vielleicht bin ich zu mißtrauisch, überlegt Theo. Wir haben uns doch vorhin darüber unterhalten. Ben wünscht sich, so zu sein wie alle, und ich wünsche es mir auch. Aber wenn einer wie Ben, der das genaue Hinsehen gelernt hat, nicht merkt, was los ist mit mir – ist das nicht ein Zeichen dafür, daß ich mich verhalte wie jeder andere?

Ach, Theo braucht sich gar nichts einzureden: Sobald er das Vorwerk verläßt und nicht mehr jeden Stein kennt, ist er auf seinen weißen Stock, mit dem er jedes Hindernis ertastet, und auf die Hilfe anderer angewiesen. Ob Ben sich mit einem anfreunden könnte, der seine Bilder nicht sieht? Der nicht nur das Besondere nicht sieht, sondern überhaupt nichts? Ob Ben, der sich durch Blicke belästigt fühlt, mit dem blinden Theo durch Koltzien spazieren würde? Das ist der Vorteil, denkt Theo, wenn man unter lauter Blinden lebt: Man denkt nicht mehr über das Blindsein nach. Man versucht es zu vergessen. Man will es ausgleichen durch irgend etwas anderes. *Beer Drinking Woman* zum Beispiel.

Ben wirft sich neben Theo ins Gras und ächzt vor Wohlbehagen. „Du brauchst nie zu verreisen, so gut hast du es hier!"

Hat er vergessen, daß Theo die meiste Zeit des Jahres im Internat wohnt? Oder hat er es nicht geglaubt?

Ben sagt: „Eigentlich habe ich gar keine richtigen Freunde. Keinen, mit dem ich reden könnte wie mit dir. Komisch, was?"

Eine Zeitlang, bevor die Sache im Tabakladen passierte, war Ben so eine Art Anführer. Ein halbes Dutzend Jungen, Ben an der Spitze, trödelten jeden Nachmittag mit den Fahrrädern durch Koltzien, wobei es Ehrensache war, die Einbahnstraßen in falscher Richtung zu durchfahren und sich dabei nicht erwischen zu lassen. Sie klauten Obst in den außerhalb gelegenen Gärten, sprangen von der Brücke in den Kanal, rasten unter den schon halb geschlossenen Eisenbahnschranken hindurch. Mutproben nannten sie das.

Theo sagt: „Dann brauchst du dich nicht zu wundern, wenn dich die braven Bürger scheel angucken."

Ben zuckt mit den Schultern. Damals, als ihm das Zeichnen noch nicht das Wichtigste war, hatte er das Bedürfnis, sich auf diese Weise hervorzutun unter seinen Altersgenossen.

„Das kenn ich", sagt Theo. „Bei mir ist es das Klavierspielen. Ich muß dir was sagen, du ... Ich hab dich angelogen. Was ich dir vom Fernsehen erzählt habe, war alles nur ausgedacht. Ich kann überhaupt nicht so gut Klavier spielen. Sondern ..."

Ben weiß nicht, was er dazu sagen soll. „Halt deine Klappe!" knurrt er böse. Theo hat ihm doch vorgespielt vorhin, und es war einfach umwerfend! *Beer Drinking Woman*! „Blöd bist du! Denkst wohl, ich durchschaue das nicht? Du brauchst mir nicht irgendwas zu erzählen, um mich zu trösten. Du kannst prima Klavier spielen, aber ich kann gut zeichnen, ich brauch kein Mitleid."

„Weiß ich doch", sagt Theo verstört. Herrje, ist das kompliziert mit diesem Ben!

„Na also", knurrt Ben. „Du hast alles, was sich einer nur wünschen kann. Wie im Paradies lebst du."

„Sei nicht neidisch. Wenn du willst ... Wenn du willst, kannst du hierbleiben mit deiner Mutter. Mein Vater hat bestimmt nichts dagegen. Er wäre sogar froh, wenn ich nicht immer allein bleiben müßte. Ja! Ihr baut euer Zelt hier am Schwimmbecken auf. Oder wenn euch das nicht gefällt ... Theo erzählt von dem kleinen Zeltplatz am Steinbruch. „Warum müßt ihr unbedingt ins Gebirge?“

„Darauf läßt sie sich nicht ein“, sagt Ben. „Meine Mutter will immer auf Zeltplätze, wo was los ist. Kino, Tanz ... Sie ist kein strenger Lehrertyp, weißt du. Am liebsten ist sie in einer großen Runde, wo Witze erzählt werden, und wenn sie Rock 'n' Roll tanzt, brechen die Männer reihenweise in die Knie. Aber in Koltzien geht sie natürlich nie tanzen, nur im Urlaub.“

Theo prahlt, daß auf dem Vorwerk auch viel los ist. „Vaters Freunde kommen mit ihren Frauen. Alfred fährt das Bier ran. Der Agronom bringt die Würste zum Grillen mit, sein Schwiegervater ist nämlich Fleischer. Wir drehen das Tonbandgerät auf, so laut wir wollen, hier ist kein Nachbar, den das stören könnte. Dann singen sie und trinken zwischendurch und singen weiter, und zum Schluß sind alle betrunken. Der Agronom ist schon mal ins Becken gesprungen, und die anderen mußten ihn retten, weil er vergessen hatte, wie man schwimmt, so blau war er. Aber eigentlich – seit Mutter weg ist, feiern wir nicht mehr. Die anderen versuchen immer, meinem Vater eine neue Frau zu verschaffen, und das paßt ihm nicht. Er denkt, die Frauen, die sie ihm anschleppen, sind nur auf unser Geld aus. Mein Vater arbeitet nämlich ungeheuer viel. Heiraten will er nicht wieder. Ihm steckt der Schreck noch in den Knochen.“

„Ist deine Mutter schon lange weg?“

„Seit zwei Jahren. Sie hat einen anderen Mann kennengelernt.“

Das ist nur die halbe Wahrheit. Die andere Hälfte verschweigt Theo. Seine Mutter hat sich nie damit abfinden können, ein blindes Kind zu haben. Theo erinnert sich, daß die Mutter in der Zeit, als er noch klein war und zu Hause wohnte, viel geweint hat. Sie konnte es nicht ertragen, wenn sie bei Einkäufen und Besuchen im Dorf bedauert wurde wegen Theo, wenn sie Fragen anderer Frauen, Mütter gesunder Kinder, beantworten sollte, wie es weitergehen würde mit ihm.

Das wußte sie doch selbst nicht! Sie verließ das Vorwerk nur noch selten, verbrachte den Tag allein mit Theo und ihren quälenden Grübeleien über das, was sie Schicksal nannte.

Später hörte Theo die Eltern oft streiten. Die Mutter hielt es für falsch, daß Theo im Internat wohnte. „Ein krankes Kind gehört in die Familie!"

Der Vater warf ihr vor, sie erzöge Theo zur Unselbständigkeit, und das sei nicht richtig. „Er muß lernen, auf eigenen Füßen zu stehen, für ihn ist das vielleicht noch wichtiger als für jedes andere Kind!"

Aber die Mutter hätte Theo am liebsten gar nichts selbst tun lassen. Sie putzte seine Schuhe, öffnete ihm die Brauseflaschen, und als er schon in die fünfte Klasse ging, brachte sie ihn noch immer ins Bett wie einen kleinen Jungen. Oft mußte Theo sagen: „Das kann ich allein." Wenn sein Vater mit ihm angeln fuhr, gab die Mutter ein Dutzend Ermahnungen mit auf den Weg: „Laß den Jungen nicht aus den Augen! Paß auf, daß ihn die anderen Kinder nicht ärgern! Laß ihn nicht zu dicht ans Wasser!"

Vater drückte dann nur ganz leicht Theos Hand, und das bedeutete so viel, als hätte er ihm zugeblinzelt.

Eines Nachts erwachte Theo von den streitenden Stimmen der Eltern. Am Tonfall hörte er, daß von etwas Wichtigem die Rede war, und er tat etwas, was er noch nie gemacht hatte. Er schlich die Treppe hinab und lauschte. Da erfuhr er, daß seine Mutter ein Baby erwartete, daß sie es aber nicht bekommen wollte. Sie hatte Angst, wieder ein geschädigtes Kind zur Welt zu bringen.

„Ich halte das nicht aus", schluchzte sie. „Mein Leben ist sowieso schon zerstört!"

„*Dein* Leben?!" brüllte der Vater so laut, daß Theo vor der Tür zusammenzuckte. „*Mir* vergällst du das Leben mit deinem ewigen Gejammer! Und Theo machst du es kein bißchen leichter, wenn du ihn verhätschelst und ihm gleichzeitig zeigst, daß er dir eine Last ist. Sicher hätte Theo gern eine kleine Schwester, die er behüten kann, wenn er zu Hause ist."

„Theo muß selber behütet werden", sagte die Mutter.

Der Vater schnaufte wütend. „Ich will jedenfalls, daß du das Kind austrägst. Es ist schließlich auch mein Kind, du kannst das nicht über meinen Kopf hinweg entscheiden."

Die Mutter blieb bei ihrem Vorsatz, kein zweites Kind zu bekommen. Ein paar Tage nach jener Nacht ging sie ins Krankenhaus.

Finster sagte der Vater zu Theo: „Eine Magengeschichte."

„Ich weiß alles", behauptete Theo und schluchzte auf.

„So", antwortete der Vater nur. Er stand eine Weile neben Theo im Hausflur, keiner sagte etwas, und dann sattelte er Blessie für Theo. Während der Junge seinen üblichen Ritt machte, ging der Vater nebenher, die ganze Strecke, das hatte er noch nie getan. Aber sie sprachen kein Wort, und das war auch nicht nötig.

Und dann kam vor zwei Jahren ein Fremder auf den Hof. Er hatte eine Panne, sein Wartburg stand oben auf der Autobahn und streikte vor der Steigung, wie Bens Octavia. Theos Mutter telefonierte mit Alfred. Dann unterhielt sie sich mit dem Mann, kochte Kaffee. Theo wunderte sich, daß sie soviel und herzlich lachte. Er kannte seine Mutter gar nicht so fröhlich. Im Herbst darauf war sie schon in Berlin und mit diesem Mann verheiratet.

Alfreds Frau sagte damals empört zum Vater: „Wie kann eine Mutter ein solches Kind verlassen!"

Aber mit einem drohenden Unterton antwortete Theos Vater: „Mein Sohn und ich, wir kommen sehr gut allein zurecht!"

Und niemand hatte je wieder eine derartige Bemerkung gemacht, obgleich jeder sehen konnte, daß sie keineswegs sehr gut zurechtkamen.

Die Mutter besuchte Theo öfter zum Wochenende im Internat. Mit der S-Bahn ist das keine weite Reise. Als sie im Frühjahr ein Mädchen geboren hatte, fuhr Theo zum ersten Mal zu ihr in die neue Wohnung, in die andere Familie. Theo trug seine kleine Schwester auf dem Arm und fühlte ihre winzigen Finger in seiner Hand. Er besinnt sich noch genau auf den eigentümlichen warmen Geruch, der von dem Baby ausging. Er würde die Kleine gern öfter besuchen und beobachten, wie sie wächst. Aber Mutters Mann gefällt ihm nicht, er hat so eine heuchlerisch-freundliche Stimme, wenn er mit Theo spricht.

„Schläfst du etwa?“ fragt Ben von weit her.

„Nein“, antwortet Theo träge. Er ist sich nicht sicher, ob er vielleicht doch geschlafen hat. Wie hätte wohl seine eigene Mutter reagiert, wenn er so lange fortgeblieben wäre wie Ben? Aber sie hat ihn sowieso niemals irgendwohin geschickt, um etwas zu erledigen.

„Wenn es nach mir ginge“, sagt Ben und wälzt sich auf den Rücken, „wenn es nach mir ginge, ich würde hierbleiben. Die ganzen drei Wochen! Hier ist es besser als auf jedem Zeltplatz.“

„Wirklich? Und deine Mutter?“

Ben hebt die Schultern.

Theo setzt sich auf. „Wir werden uns eben etwas einfallen lassen. Erst einmal müssen wir sie herlocken. Dann zeigen wir ihr, wie schön es hier ist. Und wie gut wir beide uns verstehen. Mein Vater kommt und schleppt euer Auto ab. Er ist sehr hilfsbereit und praktisch, das wird sie beeindrucken. Mit Alfred schmieden wir am Telefon ein Komplott, er soll den Wagen nicht vor morgen abend fertigkriegen. Sie hat dann genug Zeit, sich umzusehen und meinen Vater kennenzulernen.“

„Ach, du spinnst ja“, sagt Ben.

„Komm! Wir satteln jetzt Blessie und reiten durch die Koppel zu deiner Mutter.“

Ben richtet sich mit einem Ruck auf. Reiten? „Ein Pferd hast du? Gibt es bei dir noch mehr Überraschungen?“

„Blessie gehört mir“, sagt Theo stolz. „Von allen Tieren haben wir damals nur Blessie behalten. Und den Hund natürlich.“

Theo geht durch die Scheune zurück auf den Hof und zum Stall. Ben folgt ihm. Er atmet den starken Pferdegeruch ein. Das Pferd kommt ihm sehr groß vor, und er hält Abstand, während Theo leise mit Blessie spricht.

„Du kannst sie ruhig streicheln.“

Vorsichtig berührt Ben die weichen Lippen, die braune Flanke und die weiße Stelle zwischen den Augen. Blessie schnaubt ihn durch die Nüstern an.

„Du kannst richtig reiten?"

„Früher bin ich mit Vater geritten. Er hat mich vor sich auf dem Sattel gehalten, und ich hab mich an seine Brust gelehnt. Seit ich groß bin, reite ich allein. Durch die Koppel, am Autobahndamm lang bis zum Wald und hinten über den Lehmweg zurück, jeden Tag. Sie muß jeden Tag bewegt werden, verstehst du?"

„Eimal waren wir im Urlaub in Moritzburg", erinnert sich Ben plötzlich und ist dabei ganz aufgeregt. „Dort ist ein Gestüt, und die Urlauber konnten reiten lernen. Das hat meiner Mutter großen Spaß gemacht!"

„Siehste!" triumphiert Theo. „Wir könnten so herrliche Ferien haben zusammen ..."

„Könnten wir", sagt Ben träumerisch.

Man braucht nichts weiter als Phantasie.

10 Im Garten steht das honiggelbe Zelt. In der Sonne steht der honiggelbe Octavia.

Obwohl es noch früh am Tage ist, brennt die Sonne, doch über die Wiesen fächelt ein freundlicher Wind. Im Morgengrauen schon sind wir zum Steinbruch geritten. Kolumbus begleitete uns. Wir haben in unseren Pullovern nicht gefroren beim Angeln, und auch ohne den afrikanischen Fischzauber konnten wir genug Karauschen fangen. Als mit der steigenden Sonne die Wärme kam und die ersten Steinbruchurlauber aus ihren Zelten krochen, packten wir unsere Sachen zusammen und brachen auf. Wir ritten abwechselnd, denn Blessie ist alt und kann nicht mehr viel schleppen.

Wir bringen nun den Eimer mit den Karauschen in die Küche zu unserer Mutter.

Wieso unsere?

Nur mal angenommen. Unsere Mutter, unser Vater.

Klingt nicht schlecht.

Wir spinnen doch sowieso nur.

Also gut. Die Mutter freut sich, daß wir so viele Fische bringen. Wir beschließen, sie für den Abend aufzuheben, und tragen sie in den Keller, dessen tiefe, aus Ziegeln gemauerte Gewölbe auch im Sommer sehr kühl sind. Dann satteln wir das Pferd ab, schütten ihm Hafer auf, füllen seine Raufe mit Gras und tränken es.

Über den Hof zieht der verlockende Geruch von gebratenen Eiern mit Speck. Die Mutter hat uns Frühstück gemacht. Wir essen viel und mit gewaltigem Appetit, dabei überlegen wir, was wir den Tag über tun wollen.

Wir haben nämlich viel Arbeit. Mit dem Garten sind wir fast fertig. Er war wirklich arg verwahrlost. Wir haben das Unkraut ausgerissen und auf den Komposthaufen gekarrt, die Stachelbeeren abgepflückt und den Zaun repariert. Die Tomatenpflanzen mußten wir ordentlich hochbinden, sie haben gut angesetzt. Wir hackten und gossen und schimpften, weil der Salat verdorben ist und die Bohnen von den Kohlweißlingsraupen fast aufgefressen wurden. Wir nehmen uns vor, damit die Stare im nächsten Jahr nicht wieder alle Kirschen wegpicken, eine besonders häßliche Vogelscheuche zu bauen. Aber nicht heute.

Heute nehmen wir die hölzernen Rechen aus dem Schuppen und gehen auf Großvaters Wiese. Zum Wochenanfang haben wir von der Genossenschaft einen Mäher ausgeliehen und die ganze Wiese abgemäht. Nun müssen wir das Heu wenden. Wir arbeiten mit freiem Oberkörper, daran sind wir schon gewöhnt, einen Sonnenbrand bekommen wir nicht. Beide sind wir ganz dunkelbraun, am Steinbruch hielt man uns für Brüder.

Die Arbeit geht uns leicht von der Hand. Die Wiese riecht gut nach dem trocknenden Gras, nach wildem Thymian, Kamille und Kleeblüten. Wir können die Stimmen von Lerchen und Braunkehlchen erkennen. Damit uns nicht Erdwespen oder Bienen in die Fußsohlen stechen, haben wir die Schuhe anbehalten. Daß das Wetter trocken und warm bleibt bis zum

Abend, sehen wir am hohen Flug der Schwalben. Und gutes Wetter brauchen wir am Abend!

Wenn wir mit dem Heu fertig sind, legen wir uns eine Weile auf die Autobahnböschung in den Schatten der Schlehenbüsche und versuchen, nach den Geräuschen die vorüberfahrenden Autos zu bestimmen.

Zu Mittag sehen wir den Wartburg des Vaters auf den Hof fahren und rennen zum Vorwerk.

Die Mutter hat Essen gemacht. Sie kann nicht besonders gut kochen, nur ganz einfache Sachen wie Schnitzel mit frischen Schoten und Pommes frites oder Spaghetti mit Ketchup, Hackfleisch und Käse. Es schmeckt immer. Was gibt es heute? Reis mit Brathähnchen? Damit wir nicht übermütig werden, ist das Hähnchen auf einer Seite angebrannt, nur ein bißchen, und der Vater meint, für vier erwachsene Personen hätten wir sowieso lieber zwei Hähnchen kaufen sollen, und hinterher gibt es gezuckerte Johannisbeeren. Mit Schlagsahne natürlich.

Der Vater blickt auf das honiggelbe Zelt und meint, es wäre nun endlich überflüssig, im Haus sei genug Platz für alle. Er steht vom Tisch auf und fährt gleich wieder los. Denn obwohl Sonntag ist, will er das Badezimmer im Wochenendhaus eines Ökonomen aus der Kreisstadt fertigkriegen.

Wir räumen die Sachen aus dem Zelt ins Haus. Aber das Zelt lassen wir im Garten stehen. Wir sind noch nicht zu erwachsen zum Spielen. Welche Spiele fallen uns ein – für zwei Jungen, ein Zelt, ein Pferd und einen Hund?

Jetzt müssen wir unbedingt schwimmen! Die Mutter warnt uns, das sei schädlich und gefährlich so kurz nach dem Essen. Doch dann springt sie selber ins Wasser.

Was machen wir am Nachmittag?

Immer brauchen wir nicht zusammenzusein. Manchmal interessieren uns ganz verschiedene Sachen.

Was machst du, Theo?

Ich setze mich ans Klavier. Ich will richtig Blues spielen lernen. Deshalb übe ich jetzt jeden Nachmittag eine Dreiviertelstunde. Und wenn die Ferien vorbei sind, werde ich wieder regelmäßig zum Klavierunterricht gehen. Und du, Ben?

Mutter und ich, wir nehmen die Klappstühle und die großen Zeichenmappen und setzen uns an die beiden Stellen, die wir am Vortage ausgesucht haben. Es gibt soviel zu malen und zu zeichnen hier! Zum Beispiel haben wir noch nie Pferde gezeichnet, und wenn Blessie in der Koppel grast, müssen wir die Gelegenheit nutzen. Oder die riesigen Disteln an der Böschung – überhaupt Pflanzen! Die abgestorbene Weide, an deren Fuß wieder neue Schößlinge treiben! Und natürlich das Vorwerk selbst. Längst sind wir in der Stadt gewesen und haben Farben besorgt, dazu Pinsel und das geeignete Papier. Ich habe das Vorwerk gemalt, wie ich es mir gewünscht habe: mit Weiß und Dunkelbraun, mit Englischrot und drei Arten Grün. Das Bild hängt in unserer Mansarde. Und Mutter hat dich gezeichnet, Theo. Es ist ihr natürlich besser gelungen als mir.

Dann will Mutter schnell noch einen Apfelkuchen backen. Wir sammeln die halbreifen, heruntergefallenen Äpfel hinter der Scheune auf. Jetzt muß alles flott gehen. Während die Mutter in der Küche hantiert, bauen wir neben dem Schwimmbekken den Grill auf. Wir schleppen Stühle in den Grasgarten und ziehen Schnüre zwischen den Bäumen, um Lampions aufzuhängen. Aus dem Werkstattfenster legen wir ein Kabel hinter die Scheune für das Tonbandgerät. Außerdem tragen wir jede Menge Gläser, Teller und Bestecke hinaus. Schließlich säubern wir die am Morgen gefangenen Karauschen und bereiten sie zum Braten vor.

Wolken quellen auf und ziehen fort, der Wind schläft ein. Unversehens ist der Abend da. Die Sonne scheint matter. Beinahe hätten wir vergessen, Blessie zum zweiten Mal zu füttern und für Kolumbus den Napf im Hausflur zu füllen. Der Großvater, der Bauer war, sagte immer: Erst frißt das Tier und dann der Mensch!

Da kommen schon die ersten Gäste, und der Vater ist noch immer nicht zu Hause. Alle Freunde sind heute da, denn sie haben von der schönen blonden Frau gehört, die jetzt mit ihrem Sohn auf dem Vorwerk wohnt. Wir führen die Gäste nach hinten und nehmen gleich die Kaffeekannen mit. Als die Mutter mit dem frischen Apfelkuchen im Scheunendurchgang erscheint, brechen die Gäste in laute Begeisterungsrufe aus, wir können nicht genau feststellen, ob sie mehr den Kuchen oder mehr Mutters Schönheit bewundern.

Endlich kommt der Vater. Wir laden Bier und Cola aus seinem Kofferraum, während er sich wäscht und ein frisches Hemd überzieht. Nun sind alle beisammen, und wir bringen den Grill in Gang. Gegen halb zehn ist es dunkel genug, um die Lampions anzuzünden. Die Männer haben schon so viel getrunken, daß ihre Stimmen beim Singen rührselig schwanken. Aber niemand betrinkt sich. Sie wollen auf keinen Fall die Mutter verscheuchen. An diesem Abend liegt keiner lallend im Grase, und niemand wird mit Kleidern ins Schwimmbecken springen.

Ausdauernd wenden wir Würste, Fleisch und Fische auf dem Grill. Die würzigen Düfte mischen sich mit den Gerüchen des Gartens. Leise zischt das heruntertropfende Fett. Längst sind wir satt, viel zu satt. Und müde. Es war ein langer, wunderschöner Tag.

Zum Schluß bringt die Mutter noch einmal ein Tablett mit starkem schwarzem Kaffee. Die Hebamme zieht den Vater zu sich und flüstert so laut, daß es alle hören: „Die darfst du nicht wieder fortlassen!“ Beim Abschied lädt Alfred uns ein, zu ihm zu kommen, wenn die Pflaumen reif sind.

Das Fest ist zu Ende.

Wir räumen alles in die Scheune, löschen den Grill, blasen die Lampions aus. Wir sehen, wie Vater und Mutter gemeinsam ins Haus gehen, einander um die Schultern fassend.

Wir schlafen beide in der Mansarde. Gegen Morgen fängt es an zu regnen, im Halbtraum hören wir die Tropfen aufs Dach prasseln. Wir werden lange, lange schlafen und ausgiebig frühstücken und den ganzen Tag lesen und Musik hören und die alten Spiele von früher auskramen: Mühle, Halma, Mensch ärgere dich nicht …

Undenkbar, daß wir uns jemals wegen irgend etwas streiten könnten. Die Ferien sind noch unheimlich lang. Was nach den Ferien wird, werden wir sehen. Wir: du und ich. Deine Mutter, mein Vater. Dein Vater, meine Mutter.

11 „Los“, sagt Ben entschlossen, „jetzt nehmen wir dein Pferd und reiten zur Autobahn!“ Er stellt sich vor, wie die Mutter das Pferd mit den beiden Reitern durch die Wiese herankommen sieht …

„Meinst du, deine Mutter läßt sich drauf ein?“

Ben glaubt: nein. Aber das Auto muß repariert werden, so oder so. Seine Mutter ist in einer Zwangslage, vielleicht kann man wenigstens ein paar Tage herausschlagen.

„Wie spät ist es überhaupt?“

„Keine Ahnung“, sagt Theo. Er ist froh, daß er seine Armbanduhr nicht trägt, denn er hat natürlich eine Blindenuhr mit tastbaren Ziffern und Zeigern – die wäre Ben bestimmt aufgefallen.

„Hast du keinen Hunger? Ich habe Linsen mit Rauchspeck, das reicht für uns beide und für deine Mutter auch noch.“

Ben schaut aber unruhig zur Autobahn. Da sieht er neben dem Gebüsch, hinter dem sich der gelbe Octavia verbirgt, einen zweiten Wagen stehen, grau oder blau diesmal. „Schon wieder einer!“ knurrt er.

Auf einmal sagt Theo zögernd: „Und eine Kutsche haben wir auch.“ Es ist ihm eben erst eingefallen. „Sie ist honiggelb. Eure Farbe!“

Ein paar Sekunden dauert es, bis Ben diese Nachricht verdauen kann. Eine Kutsche! Und sie ist honiggelb! „Das ist etwas für meine Mutter! Ganz bestimmt!“ Ben will die Kutsche sofort sehen.

„Wir brauchen gar nicht viel zu reden! Wir zeigen ihr nur die Kutsche und das Pferd!“

„Wir werden damit fahren!“ sagt Theo beschwörend.

„Ja, ja“, macht Ben voller Ungeduld.

Umständlich entriegelt Theo die Tür zur Remise. Zuerst

kann Ben überhaupt nichts sehen. Als sich seine Augen an das staubige Halbdämmer gewöhnt haben, sieht er die Kutsche. Ihm stockt der Atem.

„Eigentlich ist es eine Art Jagdwagen", erklärt Theo verlegen.

Die Kutsche ist farblos vor Alter. Eine dicke Schicht aus Staub, Heuresten, Spinnenfäden und vertrockneten Fliegenleibern deckt sie zu. Ein Rad fehlt. Die Eisenteile sind völlig verrostet. Wahrscheinlich wird das Gefährt zusammenbrechen, sobald man es nur berührt!

„Willst du mich verarschen?" schreit Ben mit vor Enttäuschung überkippender Stimme. Er knallt die Remisentür zu. „Honiggelb, daß ich nicht lache! Ein lausegraues Wrack ist das!"

„Warte, Ben! Natürlich ist sie uralt. Was macht das schon? Du hast doch Phantasie! Wir ziehen die Kutsche auf den Hof und machen sie sauber. Dann entrosten wir die Beschläge und die Federn mit dem Zeug, das mein Vater für die Rostflecken an seinem Auto nimmt, und schmieren sie mit Wagenfett." Theo spricht rasch, als habe er in Gedanken schon oft die Kutsche in Ordnung gebracht. „Wir kaufen Farbe und streichen die Kutsche an. Honiggelb!"

Ben schnauft verächtlich. Dazu würden sie Wochen brauchen! Trotzdem – er ist angerührt von Theos Plan. Eine Kutsche! Aber das Rad – was nützt der schönste honiggelbe Lack, wenn ein Rad fehlt?

„Das hab ich mir auch schon überlegt", antwortet Theo sofort. „Ich habe dir doch vom Stellmacher erzählt." Der Stellmacher, Vaters Freund aus dem Gesangverein, baut Wagenräder auf Bestellung. „Er macht das für mich, bestimmt, es wird nicht lange dauern. Und wenn wir sonst noch einen Schaden an der Kutsche entdecken, den repariert er auch. Es gibt nicht mehr so viele Holzwagen heutzutage, vielleicht freut er sich sogar darauf!"

„Aber das Geld!" gibt Ben zu bedenken. „Wie teuer ist so ein Kutschenrad?"

Theo sagt: „Keine Sorge!" Er läuft ins Haus und holt ein großes Konservenglas mit Schraubdeckel. In dem Glas ist Theos Spargeld. „Zähl mal!“ fordert er Ben auf und tut inzwischen so, als untersuche er die Kutschendeichsel auf ihre Festigkeit; denn die Münzen kann er mit den Fingerkuppen an den eingeprägten Zahlen und Zeichen unterscheiden – aber die Scheine?

Ben schüttet das Geld auf die Hofsteine. Im Glas sind fast einhundervierzig Mark.

„Das reicht allemal“, sagt Theo.

Ben ist beeindruckt, daß Theo soviel Geld hat. „Was machst du mit deinem Spargeld?“

„Ich kaufe mir Tonbandkassetten. Oder Schallplatten. Aber eigentlich brauche ich das Geld überhaupt nicht. Mein Vater gibt mir alles, was ich mir wünsche. Er will mich entschädigen, verstehst du?“ Verdammt, denkt Theo und beißt sich auf die Lippe – aber zurücknehmen kann er diesen verräterischen letzten Satz nicht.

Doch Ben versteht ihn auf seine Weise: Schließlich ist es kein Zuckerlecken, das ganze Jahr über in einem Internat zu leben, wenn man ein so schönes Zuhause hat.

Theo sagt: „Ich habe schon lange daran gedacht, die Kutsche wieder instand zu setzen. Aber für mich allein?“

Ben hat Feuer gefangen. Er ist dafür, die Kutsche sofort und genau zu untersuchen, bei Tageslicht.

Sie öffnen beide Flügel der Remisentür. Es ist kein leichtes Stück Arbeit, die Kutsche in dem engen Raum so weit zu wenden, daß sie auf den Hof fahren kann – auf drei Rädern! Endlich ist es geschafft. Ben und Theo sind von Kopf bis Zeh mit Schweiß und Dreck beschmiert. Das stört sie überhaupt nicht; denn wie es scheint, fehlt an der Kutsche nichts außer dem vierten Rad.

Sie steht in der Sonne und sieht fast schon ein bißchen honiggelb aus.

Begeistert haut Ben seinem Freund auf die Schulter. „Wir fahren mit der Kutsche!“ schreit er.

Theo grinst und horcht dem Satz nach und trommelt sofort ein paar Bluestakte auf der hohlklingenden Seitenwand der

Kutsche. Mit Memphis-Slim-Stimme singt er: „Wir fahren mit der Kutsche, yeah, wir fahren mit der honiggelben Kutsche!"

Sie springen auf dem heißen, sonnengelben, honiggelben Hof herum, halten sich an den Schultern, schlagen sich rhythmisch auf die nackten Oberschenkel, daß es nur so klatscht, und singen so laut sie können und sind immer noch voller Heuhalme und schweißfeuchtem Staub.

Einmal denkt Ben: Bloß gut, daß uns jetzt keiner hört und sieht. Aber eigentlich wär mir das egal! Leute, stellt euch vor: Ich wollte nur einen Eimer Wasser, und nun hab ich einen echten Freund, mit dem ich über alles reden kann, und auch noch eine honiggelbe Kutsche!

Überschwenglich stößt er Theo vor die Brust.

Theo strauchelt und schlägt lang hin. Die Brille fällt ihm aus dem Gesicht.

12 Wortlos hebt sich Theo auf die Knie und beginnt rings um sich die Steine abzutasten.

Ben stottert: „Was – was ist denn?"

„Wo ist meine Brille?"

„Da liegt sie doch!"

„Gib sie mir!" sagt Theo und wendet Ben voll das Gesicht zu. Ben sieht Theos halbgeschlossene Augen, seinen konzentrierten, beinahe lauernden Gesichtsausdruck, seine gespannten Bewegungen – plötzlich weiß er Bescheid. Theo kann nicht sehen.

„Du bist ja blind!" sagt er, und seine Stimme klingt schrill.

Theo sagt ruppig: „Na und."

Eine maßlose, wütende Enttäuschung überfällt Ben. Ein Gedanke jagt den anderen.

Betrogen ist er! Theo hat ihn die ganze Zeit an der Nase herumgeführt!

Und er, Ben, war so blöd und hat es nicht gemerkt.

Einspinnen hat er sich lassen von Theos Geschwafel. Ein Urlaub zu viert auf dem Vorwerk, ha! Mit einer honiggelben Kutsche wollte er fahren!

Da sitzt dieser Theo hier alleine rum, Tag für Tag, sieht nichts und langweilt sich – und dann läuft ihm endlich einer zu, mit dem er spielen kann wie mit einer Marionette. Und Benjamin hat ihn die Fäden ziehen lassen, hat nichts gemerkt. Theo hat seine ganze Geschichte aus ihm herausgelockt, Gedanken, über die Benjamin noch mit keinem Menschen zu reden wagte, nicht einmal mit seiner Mutter. Wenn er sich vorstellt, wie der Blinde im stillen über ihn gelacht hat!

Er, Benjamin, ist der Blinde gewesen. Er mit seinem Blick fürs Besondere – nichts hat er gesehen. Warum hat er nicht einfach seinen Eimer mit Wasser gefüllt und ist wieder abgehauen? Theo konnte ja seine Haut, sein Haar gar nicht bemerkt haben. Sie hätten sich auch ganz normal unterhalten können, und er hätte sich die blöde Afrika-Story gespart. Oder er hätte dabei bleiben können, auch das wäre möglich gewesen, denn Theo ist blind und hat weder den alten Octavia noch Benjamins Mutter gesehen. So viele Möglichkeiten, aber er tappt in die Falle und gibt sich preis.

Ach, jetzt merkt Benjamin, daß Theo ihn gleich durchschaut haben muß, denn sonst hätte er den Trick mit dem Fernglas nicht benutzt. So eine Blamage!

Benjamin will weg hier, sofort. Und nie mehr hierher zurückkommen!

Theo ist unsicher, weil Ben schweigt. Was macht Ben, was denkt er jetzt? Theo meint Bens Blicke auf seinem Gesicht zu spüren. Ich hab alles falsch angefangen, denkt er verzweifelt. So kann man doch niemanden zum Freund gewinnen – indem man ihm etwas vorgaukelt, sich ein ausgedachtes Leben anzieht wie ein Faschingskostüm! Ben wird mich verachten. Oder er ist beleidigt, weil ich ihn ausgehorcht habe. Womöglich denkt er aber: Der arme Theo, man kann ihn nicht für voll nehmen, er ist ja blind. Bestimmt denkt er das!

Eine verbissene Wut wächst in Theo. Der fremde Junge hat

schließlich als erster angefangen mit den Lügengeschichten! Krokodile, Großväter und Revolutionen! Alles andere kam nur, weil ich wissen wollte, was dahintersteckt. Er ist selber schuld, der Blödmann. Er soll aufhören, mich anzuglotzen, und sich zu seiner honiggelben Mutter scheren.

Theo steht vom Boden auf, wendet das Gesicht ab und fordert: „Gib endlich die Brille her."

Benjamin hebt die Brille auf und streckt sie Theo hin. Aber Theo, fällt ihm ein, sieht sie ja nicht. So stößt er ihn unsanft an und drückt ihm die Brille in die Hand.

Aufs Geratewohl stößt Theo zurück und trifft Benjamin an der Lippe.

Die Brille fliegt weg und zerschellt auf den Hofsteinen. Schon halten sich die beiden Jungen umklammert und wälzen sich erbittert neben der Kutsche. Kläffend umspringt sie Kolumbus, dann schnappt er nach Benjamin und reißt ein Stück Stoff aus seinem Nicki.

Benjamin und Theo lassen einander sogleich los.

„Hat er dich gebissen? Kolumbus, hau ab, misch dich nicht ein! Platz, sag ich! – Bist du verletzt?"

„Phh!" macht Benjamin. Ihm ist zum Heulen zumute.

„Komm ruhig ran!" schreit Theo. „Hast du etwa Angst, wegen dem Hund?"

„Phh! Ich schlag mich nicht mit 'nem Schwächeren."

„Das wollen wir sehn, wer hier schwächer ist!" zischt Theo. Er ist bis ins Mark verletzt. Angestrengt lauscht er, die geballten Fäuste von sich gestreckt. Er hört nur sein eigenes Keuchen. Wo ist Ben?

Kolumbus bellt aufgeregt, von Ben kein Ton.

„Ben, bist du hier?"

Theo denkt, daß er sicher unheimlich lächerlich aussieht, wie er hier auf dem Hofe steht: verdreckt, zornig, zitternd, mit zerraufter Kleidung, die Fäuste gereckt – und blind.

Er läßt die Arme sinken. „Ruhig, Kolumbus."

Ben hat sich wohl heimlich davongemacht, dieser Feigling. Ha, Theo wird ihm nicht nachweinen!

Theo weint.

Dann hört er auf dem Lehmweg das vertraute Geräusch von Vaters Auto und wischt sich das Gesicht mit dem Turnhemd ab. Aber da ist noch etwas zu hören – ein zweiter Wagen?

Theo lauscht.

13

Als Theos Vater aus der Kreisstadt zurückkam, sah er oberhalb des Vorwerks den gelben Octavia stehen, unter dessen Motorhaube eine sehr ansehnliche blonde Frau herumstocherte. Er hielt an, um zu helfen.

Sie erzählte, daß sie vor mehreren Stunden ihren Sohn zu dem Gehöft geschickt habe, um Wasser zu holen. Sie sorge sich natürlich, wage aber nicht, sich weit von ihrem Wagen zu entfernen wegen des auf dem Dach festgebundenen Gepäcks.

Theos Vater erklärte, wer er sei und daß er zu dem Vorwerk gehöre. Er holte sein Abschleppseil und zog den Octavia zur nächsten Abfahrt und über den Lehmweg zum Vorwerk.

„Mein Freund hat eine Kfz-Werkstatt“, verkündete er, „und repariert alle Typen von Viertaktern. Er wird sich das heute abend ansehen.“

„Sind Sie ganz sicher?“ fragte Benjamins Mutter zweifelnd.

„Er ist mein Freund.“

Und da waren sie schon beim Vorwerk.

Am Tor müssen sie feststellen, daß die Zufahrt zum Hof durch die Kutsche versperrt ist.

„Wie siehst du denn aus?“ fragt der Vater. „Ist was passiert?“ Er macht Theo und Benjamins Mutter miteinander bekannt.

„War mein Sohn hier? Benjamin heißt er, und ...“

„Eben war er noch hier. Wir haben gespielt und dabei leider die Zeit vergessen.“

„Theo ist zuviel allein“, fügt der Vater hinzu.

„Und wo ist er jetzt? Entschuldige“, sagt Benjamins Mutter zu Theo, „das kannst du ja nicht wissen, oder?“

Sie ist ziemlich nervös, stellt Theo fest. Er sagt, daß Ben wahrscheinlich zur Autobahn zurückgegangen sei.

„Der kommt schon wieder!“ beruhigt Theos Vater. „Er wird daraufkommen, wo Sie sind. Vielleicht hat er uns auch fahren sehen? Er ist kein kleiner Junge mehr und hat seine fünf Sinne beisammen.“

Nun will der Vater wissen, warum das Kutschenwrack mitten auf dem Hofe steht.

„Wir wollten nur ...“, setzt Theo an. Wie soll er mit einem Satz erklären, was sie vorhatten?

Die Kutsche muß weg, denn die beiden Autos sollen auf den Hof. Der Vater greift nach der Deichsel und zieht. Die Kutsche neigt sich nach der Seite, wo das Rad fehlt. Bens Mutter springt hinzu und will mit anfassen, doch ächzend rutscht die Kutsche in sich zusammen. Die Hinterachse bricht, und ein weiteres Rad trudelt über den Hof, bis es krachend ans Scheunentor fällt.

Der Vater flucht.

„Was ist mit der Kutsche?“ fragt Theo angstvoll.

Der Vater sagt, daß nichts mehr zu machen sei. Jetzt müssen sie warten, bis Alfred kommt, den Haufen Altholz können nur zwei starke Männer wegschaffen.

Da setzt sich Theo mitten auf die Hofsteine nieder, legt die Arme auf die Knie und den Kopf in die Arme und schluchzt.

Bestürzt sehen sich die beiden Erwachsenen an. Irgendwas ist doch hier vorgefallen mit den beiden Jungen und der Kutsche?

Aber Theo antwortet nicht auf Fragen, Theo heult. Und als er endlich aufhören kann, sagt er nur, daß seine Brille runtergefallen sei, und er könne sie nicht finden, sie habe irgendwo bei der Kutsche gelegen, und nun sei wahrscheinlich die Kutsche draufgekracht.

Der Vater lacht erleichtert auf. Wenn es weiter nichts ist! Dann wird Theo eben eine neue Brille bekommen. Aber nun wollen sie sich beeilen und Alfred anrufen und dann einen Kaffee trinken und in Ruhe auf Benjamin warten. Sie gehen ins Haus.

„Kommst du, Theo?"

„Ich muß Blessie noch bewegen", sagt Theo.

„Aber höchstens eine halbe Stunde", bestimmt der Vater. „Der Himmel zieht sich zu, es wird bald ein Gewitter kommen."

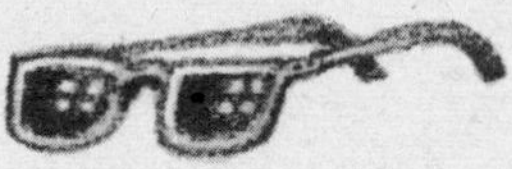

14 Benjamin rennt mit dem Eimer durch die Wiese, das Wasser schwappt bei jedem Schritt ins Gras. Atemlos keucht er die Böschung hinauf und steht wie erstarrt. Das kann doch nur ein Traum sein? Die Mutter ist nicht mehr da. Keine Spur vom honiggelben Octavia.

Vielleicht habe ich einen Sonnenstich, denkt Benjamin. Oder hier ist die falsche Stelle? Er schüttet den Rest Wasser über sein Gesicht, schüttelt sich, blickt sich um: Es ist die richtige Stelle. Hier ist das Schlehengestrüpp, dort unten liegt das Vorwerk. Und hier ist das Gras niedergedrückt, hier hat die Mutter gesessen. Panik erfaßt Benjamin. Was ist geschehen?

Wahrscheinlich hat der Kerl mit dem graublauen Wagen den Octavia flottgekriegt. Aber die Mutter kann doch nicht einfach ohne Benjamin weiterfahren? Wie viele Stunden war er eigentlich fort? Mittag muß lange vorbei sein. Warum hat er sie nur so lange hier sitzenlassen, ohne eine Nachricht. Ob sie ihn bestrafen wollte? Doch das ist nicht ihre Art.

Völlig ratlos steht Benjamin und merkt, wie ihm die Tränen kommen. Vorhin noch hielt er sich für den glücklichsten Jungen, weil auf einmal die Welt in Ordnung war – und jetzt ... Außerdem schämt er sich plötzlich. Er schämt sich ganz furchtbar. Nur an sich hat er gedacht, beleidigt ist er davongerannt. Und Theo? Theo ist blind. Wie wird Benjamins überhebliches Gebaren auf ihn gewirkt haben? Theo hat ihm die Hand hingestreckt, und er hat draufgespuckt. Also kann er Theo nie wieder unter die Augen treten. Unter die Augen ...

Dabei tut ihm alles so leid. Wenn er nur ein bißchen über sich selber hinausgesehen hätte, dann wäre es anders gekommen. Hätte, wäre! Es ist zu spät.

Soll er vielleicht versuchen, allein per Anhalter bis ins Elbsandsteingebirge zu gelangen? Ob er überhaupt den richtigen Zeltplatz finden würde? Und wenn er die Mutter nicht trifft? Er hat ja nicht einmal seinen Schülerausweis bei sich.

Autos brausen vorbei. Gesichter wenden sich im Vorübergehen ihm zu. Für einen Moment betrachtet sich Benjamin mit fremden Augen: Ein bald erwachsener Junge, der wie ein Afrikaner aussieht und ein zerfetztes, dreckiges Nicki anhat, steht mit einem gelben Eimer am Rande der Autobahn und heult.

Ein weißer Trabant knattert überladen heran, drei kleine Kinder hocken auf dem Rücksitz. Als der Fahrer Benjamin erblickt, bremst er ab, als ob er halten wollte. Alle fünf Insassen starren durch die Scheiben. Wie im Aquarium, denkt Benjamin und streckt die Zunge heraus, so weit er kann. Offenbar beruhigt, gibt der Fahrer wieder Gas. Erheitert winken die drei Kinder Benjamin durch die Heckscheibe nach.

Benjamin fühlt sich miserabel. Er hat einen Wolfshunger, ganz flau ist ihm im Magen. Zu allem Übel zieht ein Gewitter auf. Der Himmel ist dunkelgrau, von ferne hört Benjamin erstes dumpfes Donnerrollen. Ihm wird nichs übrigbleiben, als zum Vorwerk zurückzugehen. Vielleicht sucht die Mutter ihn dort, wo sie ihn am Vormittag hingeschickt hat?

Er rutscht die Böschung hinunter, erhebt sich und schließt die Augen. Mit vorgestreckten Armen tastet er sich Schritt um Schritt durch die Wiese.

Benjamin probiert Blindsein.

Als er an den Koppelzaun stößt, benutzt er ihn als Leithilfe, geht an ihm entlang, zählt hundert Schritte. Wo ist er jetzt? Er hat nie gelernt, sich an Geräuschen und anderen nicht sichtbaren Hilfsmitteln zu orientieren.

Und Theo? Wie hat Theo das gelernt? Theo bewegt sich so sicher, als könne er sehen. Oder hat Benjamin nur nicht gut genug hingeschaut? Er erinnert sich an Theos seltsam steife Be-

wegungen in der Küche. Später ist ihm das nicht mehr aufgefallen.

Benjamin öffnet die Augen. Er ist von der Richtung abgekommen, das Vorwerk liegt weiter links. Ein Blitz zuckt. Benjamin wird sich beeilen müssen.

Da sieht er Theos rotes Turnhemd durch die Wiese leuchten. Theo kommt auf ihn zu, er führt Blessie am Zügel und ruft laut nach Benjamin.

„Ben?“ ruft Theo. „Ben, bist du hier?“

15

Die ersten großen Tropfen klatschen auf den staubigen Hof. Immer öfter blitzt es, der Donner knattert.

„Wollen Sie etwa Ihr Gepäck auf dem Wagendach lassen?“ fragt Theos Vater. „Die Zeltplane wird nicht viel nützen, der Regen verdirbt Ihnen Ihre schönen gelben Sachen!“

Er hat recht. Der böige Wind hat bereits die schützende Plane an einer Seite abgerissen, sie flattert wie ein loses Segel. Der halbe Urlaub wäre verdorben, wenn sie mit nassem Zelt und durchgeweichten Schlafsäcken auf dem Zeltplatz ankämen.

Die beiden Erwachsenen rennen hinaus in den Regen, lösen die Stricke und schleppen den Zeltsack samt den anderen Bündeln ins Haus. Theo sichert indessen die Türen von Stall und Remise vor dem Gewitter. Dann geht er durchs Haus und kontrolliert, ob alle Fenster geschlossen sind. Ben dagegen lungert unnütz herum und steht im Wege.

Jetzt gießt es wie aus Kannen. Grellblau und fahlgelb fahren die Blitze über den bleiernen Himmel. Theos Vater schaltet das Licht an.

„Wir können den Kram nicht im Hausflur liegenlassen“, sagt er. „Theo würde womöglich darüber stolpern und hinfallen.“

Also tragen sie das Gepäck ins Zimmer, wo das Klavier steht.

Augenblicklich sieht es darin aus wie in einem Wartesaal. Sie wissen alle vier noch nichts miteinander anzufangen und sehen sich abwartend an, da sagt Theo: „Alfred kommt."

Alfred, völlig durchnäßt, stürmt in den Hausflur und schimpft: „Was ist denn los bei euch, so ein Bockmist, was soll die alte Karre mitten vor dem Tor?"

Empört wendet sich Benjamins Mutter zu ihm um, aber Alfred meint die Kutsche, die immer noch auf dem Hof liegt, so daß er nicht bis vor die Haustür fahren kann.

„Was fehlt Ihrem Wagen?" fragt er schon freundlicher, interessiert mustert er die Mutter. Doch bei diesem Wetter kann er im Freien nichts machen, nicht einmal nachsehen. Der Octavia muß in die Scheune.

Mit großen Sprüngen laufen die Männer in den Hof, der inzwischen einer Schwemmlandschaft gleicht. Alfred hebt die Kutsche hinten an, Theos Vater zerrt an der Deichsel. Knarrend sinkt das zerbrochene Gefährt an der Stallwand nieder, der Vater schmeißt die gebrochene Achse daneben.

„Schönes Kaminholz", sagt Alfred.

Der Octavia wird ins Trockene geschleppt, und dann stehen sie im spärlichen Licht der Scheune alle fünf um den Wagen herum. Alfred hat die Motorhaube geöffnet und läßt sich von Bens Mutter berichten, wie es zu der Panne kam.

„Loch im Kühler?" sagt Alfred und schüttelt milde den Kopf. „Aber junge Frau!" Mit einem entschiedenen Knall schließt er die Motorklappe und beginnt einen Vortrag zu halten. Zum ersten, behauptet er, sei das hübschlackierte gelbe Wägelchen ja wirklich schon uralt, und man müsse sich an den Gedanken gewöhnen, daß es eines Tages ebenso liegenbleiben wird wie die Kutsche da draußen auf dem Hof. Zum zweiten will Alfred nicht begreifen, wie man seinen Wagen derart schlecht pflegen könne.

Bens Mutter steht dabei wie ein Schulmädchen, und Ben und Theo haben den gleichen Gedanken, nämlich: daß Alfred gleich nach Hause fahren wird, und sie sitzen hier fest mit ihrer honiggelben Kutsche. Und dann?

„Bestimmt ist das Kühlsystem total verschmutzt", vermutet

Alfred, und die Motoreinstellung stimme gewiß auch nicht, kein Wunder, daß da Kühlprobleme auftreten bei diesen Außentemperaturen. „Gut, daß Sie nicht weitergefahren sind, junge Frau!" Die Kolben können sich festfressen, und dann ist der Motor hin, und an eine Urlaubsreise ins Elbsandsteingebirge wäre nicht mehr zu denken.

„Merken Sie sich: Die geringste Temperaturbelastung für den Wagen erreicht man beim Fahren im mittleren Drehzahlbereich. Und wenn der Temperaturanzeiger in den roten Bereich kommt – anhalten, nachsehen, Ursache ermitteln. Aber dazu sind Sie ja nicht in der Lage."

Die Mutter nickt folgsam, und Ben sieht, daß sie natürlich überhaupt nichts versteht.

Alfred sagt, heute könne er sowieso nichts mehr machen, sie sollten morgen früh den Wagen auf seinen Hof bringen, dann würde er sehen, was zu tun sei. „Und jetzt muß ich los, denn wenn es noch länger regnet, bleibe ich in eurem Lehmweg stecken."

Alfred rennt geduckt hinaus, schon leuchten zwei Scheinwerfer auf, ein Motor heult, fort ist er.

„Würden Sie mich denn morgen dorthin schleppen?" fragt Bens Mutter kleinlaut.

Theos Vater sagt nur: „Aber klar."

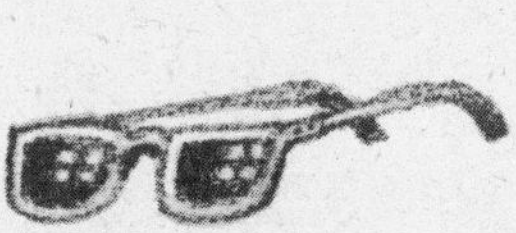

16 „Seien Sie froh", sagt Theos Vater, „daß Sie gerade bei uns hängengeblieben sind und nicht irgendwo anders." Er zeigt mit dem Daumen nach draußen in das Unwetter. Außerdem ist Wochenende – keine gute Zeit, um eine Werkstatt zu finden.

Schon seit geraumer Zeit sitzen sie in dem Zimmer, wo Theos Klavier steht, und die beiden Jungen haben noch immer kein Wort miteinander gesprochen, obwohl sie vorhin zusammen im Bad waren, um sich den Kutschendreck abzuwaschen und frische Sachen anzuziehen. Ben vermeidet es sogar, Theo anzublicken, weil er meint, Theo könne das spüren.

Die Erwachsenen merken, daß eine seltsame Spannung besteht zwischen den beiden. Weil sie aber, jeder aus seiner eigenen Erfahrung, die Empfindlichkeit ihrer Kinder kennen und wissen, daß sie nie vor Fremden über sich selbst reden, schweigen sie dazu und fragen nichts.

Vielmehr nimmt der Vater Theo mit in die Küche, um ein Abendbrot zu richten. Das Angebot von Bens Mutter, dabei zu helfen, lehnen sie ab. Die Gäste sollen nicht glauben, in einer Männerwirtschaft könne man keine vernünftige Mahlzeit erwarten.

Kaum hört man von draußen das gedämpfte Klappern von Töpfen und Tellern, fragt Bens Mutter: „Was war los?"

„Nichts." Mürrisch schiebt Ben die Schultern hoch.

„Nichts? Statt Wasser zu bringen, verschwindest du für ein paar Stunden von der Bildfläche, und als du endlich wieder auftauchst, siehst du aus wie ein Landstreicher! Das neue T-Shirt von deinem Vater – zerrissen! Du hast mich mit dem kaputten Auto sitzenlassen, mein Sohn, und statt dessen den halben Tag mit einer zerbrochenen Kutsche gespielt, wie ein Fünfjähriger! Das kostet uns einen ganzen Urlaubstag!"

„Für mich war's ein guter Tag", sagt Ben bockig.

„Ich finde es ja nett, daß du dich mit dem blinden Jungen angefreundet hast, aber ..."

Da braust Ben auf. Nett? Redet seine Mutter schon so wie die Tabak-Schlenzern?

Die Mutter lenkt ein: „Schon gut, ich will ja gar nichts wissen. Aber ich hab mir Sorgen gemacht, und du mußt zugeben, daß du dich wie ein Esel aufgeführt hast."

„Ein Riesenkamel bin ich gewesen!" bestätigt Ben voller Ingrimm. Sie weiß gar nicht, wie recht sie hat!

Die Mutter kann ihren Sohn heute nicht durchschauen. Eigentlich sieht sie ein, daß sie unter keinen Umständen bis zum Abend auf ihren Zeltplatz gekommen wären und sogar Glück gehabt haben durch Benjamins unüberlegte Bummelei: Sie haben nicht nur eine Werkstatt gefunden, sondern ein offensichtlich angenehmes Nachtquartier, und das ist ein wahrer Segen bei diesem Wetter. Also wechselt sie das Thema und fragt Benjamin, was er davon halte, wenn sie den hilfsbereiten Leuten auf dem Vorwerk die Zeichnung schenken würde, die sie während ihrer langen Wartezeit gemacht habe.

Sie holt ihre Mappe aus dem Gepäck, und Mutter und Sohn beugen die Köpfe über das große Blatt. Ben betrachtet das Bild von dem Gehöft zwischen Wiese und Wald. Was er als eine Komposition aus Farben gesehen hat, zeigt sich ihm hier als Vielfalt verschiedener Linien, die Flächen sind aufgelöst in Striche und Schraffuren, statt der Farben gibt es nur Schwarz und Weiß und dazwischen Schattierungen von Grau.

Ben sieht, daß die Mutter den Wald näher an das Vorwerk herangeholt hat, und er könnte auch erklären, warum sie das gemacht hat. Insgesamt, sagt er, fände er die Zeichnung gut – obwohl …

Und schon sind sie beide in einen der Dispute verwickelt, die er so gern hat, weil sie ihm das Gefühl geben, Bescheid zu wissen, erwachsener zu sein, als Gesprächspartner ernst genommen zu werden, etwas zu sagen zu haben. Benjamin bemüht sich, nicht länger über diesen verwirrenden Tag nachzudenken und das Vorwerk da auf dem Papier als nichts anderes zu betrachten als das, was es ist: ein Bild.

In der Küche schneidet Theo Brotscheiben ab. Sein Vater klappert geschäftig mit Tellern, mit Gläsern … Theo lauscht und fragt: „Nimmst du etwa das gute Geschirr?“

Der Vater sagt: „Wir wollen uns schließlich nicht lumpen lassen.“

„Wann hatten wir eigentlich das letzte Mal Gäste?“ fragt Theo beiläufig.

Aber darauf geht sein Vater nicht ein, das ist heute ein Zufall, eine einmalige Sache ohne Bedeutung! Er öffnet Konserven, stellt Flaschen aufs Tablett, sucht den Senf und rasselt nervös im Besteckkasten. „Wir können doch nicht bloß zwei Gabeln haben?“ ruft er und: „Wo hast du den Korkenzieher hingelegt?“

„Wie sieht sie denn aus?“ erkundigt sich Theo.

„Wer? Ach so!“ Der Vater hört sich an wie ertappt. „Ganz gut“, sagt er. „Was habt ihr den ganzen Nachmittag angestellt, Benjamin und du?“

„Wir haben uns unterhalten, sind bißchen geschwommen ... Erst wollten wir Freunde werden – für länger, meine ich –, aber dann haben wir uns leider gestritten.“

Das tut dem Vater leid, er hatte sich schon gefreut, daß Theo einmal nicht den ganzen Tag allein geblieben ist.

„Wir haben uns geprügelt“, berichtet Theo.

„Was? Das ist doch ... Er kann dich doch nicht ...! Den werde ich mir vorknöpfen!“

„*Wir* haben uns geprügelt!“ wiederholt Theo. „Ich hab nicht gesagt, daß er mich geschlagen hat. Misch dich da nicht ein, das müssen wir unter uns abmachen.“

„Richtig“, räumt der Vater ein. „Dann will ich dir nur noch sagen, daß ... Also, der Benjamin, der ist ...“

„Weiß ich längst“, winkt Theo ab. „Darüber haben wir uns ja unterhalten. Wie er lebt und wie ich lebe.“

„Sooo“, sagt der Vater gedehnt. Plötzlich schwirren viele Gedanken durch seinen Kopf. Zwar hat er selbst schon oft über Theos Leben nachgedacht, aber er hat noch nicht bemerkt, daß sein Sohn inzwischen alt genug ist, sich darüber seine eigenen Gedanken zu machen. Er hat das Gefühl, etwas nachholen zu müssen, aber wie – und vor allem: wann? Er schafft ja schon die einfachsten Dinge des täglichen Lebens nur mit knapper Not. Aber er darf das, was ihm da durch den Kopf geht, auf keinen Fall wieder vergessen, nimmt er sich vor. Wie gut, daß dieser Benjamin auf den Hof gekommen ist und ihn draufgebracht hat!

„Benjamin hat keinen Vater?“ fragt er.

Theo erzählt, was er weiß. Ohne es zu merken, hat er den ganzen Brotlaib zu Scheiben geschnitten. „Und seine Mutter findet keinen Mann.“

„Kann ich mir gar nicht vorstellen. Wie sie aussieht! Und dumm ist sie nicht.“

„Du hast auch keine neue Frau gefunden.“

„Das ist was anderes.“

Da ist aber Theo nicht der gleichen Meinung. „Sie ist wegen Ben alleine und du – wegen mir.“

„Quatsch“, knurrt der Vater.

„Versuch es wenigstens“, drängt Theo leise. „Irgendwann brauchen wir eine Frau, du und ich. Sie gefällt dir, das merk ich. Mir gefällt sie auch! Ich weiß alles über sie, von Ben.“

Der Vater lacht ärgerlich. „Du spinnst, mein Sohn. Ich weiß, daß nicht alles zum besten steht bei uns. Morgen waschen wir die dreckige Wäsche, und Eberhards Frau hat versprochen, deine Jeans zu flicken. Und bis zu den nächsten Ferien, das versichere ich dir, haben wir eine neue Haushalthilfe gefunden. Ich leg mich doch nicht mit ’ner Lehrerin an!“

Er nimmt das hochbeladene Tablett auf und verschwindet. Theo sagt: „Ist doch egal, ob einer Lehrer ist oder Klempner. Oder Diplomat.“

Aber das hört sein Vater nicht mehr.

17 Es gibt Linsensuppe und Würstchen aus der Dose, es gibt sauer eingelegte Paprikaschoten und frische Tomaten, Sardinen und Käse und Salamiwurst, Bier und Cola.

„Du liebe Güte!“ ruft Bens Mutter. „Wer soll das alles aufessen?“

Doch die beiden Jungen, die den Tag über so miteinander beschäftigt waren, daß sie das Mittagessen vergessen haben, essen und essen, als sollten sie nie wieder etwas bekommen. Wer den Mund voll hat, braucht nicht zu reden.

Über dem Sofa hängt, mit Klebeband auf der großblumigen Tapete befestigt, Mutters Zeichnung. Theos Vater hat gesagt, daß er sich sehr geehrt fühlt durch das Geschenk – niemand im Dorf besitzt ein Bild vom eigenen Haus! Und auch Theo hat sich mächtig gefreut, obwohl er doch das Bild gar nicht sehen kann.

Voller Hochmut denkt Ben, daß die Zeichnung zu gut ist für diese Wand, für dieses Zimmer, das er so geschmacklos findet. Rings um das Bild hängen aus Draht gebogene Mickymäuse, ein Skatblatt unter Glas, eine alte Uhr im Gehäuse, die aber nicht geht, ein schrecklicher Öldruck mit grasenden Pferden im Goldrahmen.

Eigentlich hat Ben erwartet, daß seine Mutter zu diesem kitschigen Durcheinander etwas sagt oder ihm wenigstens zublinzelt – aber nichts dergleichen. Sie tut, als wäre sie hier zu Hause, und schnattert mit Theo und seinem Vater über Autos. Ausgerechnet Autos, davon versteht sie nichts, das haben ja vorhin in der Scheune alle gemerkt. Und dann fragt sie auch noch, ob Theo nicht etwas auf dem Klavier vorspielen will.

In Theo sträubt sich alles. Ja, wenn er Ben nicht gebeichtet hätte, wie sich das mit seiner Paradenummer in Wirklichkeit verhält ... Ben hat zwar darauf so reagiert, als hätte er es nicht geglaubt, aber trotzdem! Doch Bens Mutter soll ihn nicht für schüchtern und verklemmt halten und das womöglich noch auf seine Blindheit zurückführen!

Also setzt sich Theo auf den Klavierhocker und spielt *Beer Drinking Woman* – heute schon zum dritten Male. Und er kommt sich unendlich lächerlich vor, wie er da mit fremder Stimme einen Text singt, dessen Sinn er gar nicht verstehen könnte, wenn sein Bluesfreund Jens ihm die Worte nicht übersetzt und erklärt hätte. Wie ein dressierter Hund fühlt sich Theo. Susanne hat recht, er ist ein Clown.

Gut, daß ich Bens Miene nicht sehen kann, denkt Theo. Ich will richtig Blues spielen können, wünscht er inbrünstig, und Boogie und Ragtime und alles, was mir gefällt. Und singen – mit meiner eigenen Stimme! Ich könnte wieder in die Klavierstunde gehen – vielleicht.

Das Lied ist aus, er wirbelt auf dem Hocker herum und macht seine einstudierte schlenkrige Verbeugung wie immer, und Bens Mutter ist begeistert – alles wie immer, und nichts stimmt mehr.

Und dann schicken die Erwachsenen die Kinder ins Bett.

Leider kann man sich nicht ewig mit Füßewaschen und Zähneputzen beschäftigen. Und Theos Mansarde ist viel zu klein für zwei, die sich verzankt haben. Ben bläst die Luftmatratze auf, auch dabei kann er sich keinesfalls unterhalten. Aber danach?

Sie schweigen ausdauernd, und je länger sie schweigen, desto schwieriger wird es, scheinbar unbefangen ein erstes Wort zu sagen. Dabei wissen sie genau, daß sie aufeinander längst nicht mehr wütend sind, aber zwischen ihnen steht eine unbegreifliche Scham.

Ben schaut sich um in Theos Zimmer. Was ist anders als bei Jungen, die sehen können? An Theos Wänden hängt kein einziges Bild. Ben denkt, sie hätten die Zeichnung vom Vorwerk hier oben anbringen sollen. Hier hätte sie besser hingepaßt, auf diese kahle Fläche. Grade drum! Auf Theos Tisch steht eine Schreibmaschine, auch das hat Ben noch bei keinem anderen Jungen gesehen. Ob so eine Schreibmaschine teuer ist? überlegt er. Und Theos Plattenspieler – kein Wunder, daß sein Vater so aufs Geldverdienen aus ist, bestimmt will er für Theo alles schaffen, was ihm das Leben erleichtert.

Neben der Tür sieht Ben den weißlackierten Blindenstock. Ihm ist, als müsse er erst jetzt glauben, daß Theo wirklich blind ist. Er versucht sich vorzustellen: Theo in der Stadt, mit Stock und Armbinde, wie er sich durch den Straßenverkehr tastet … Er überlegt, ob er mit Theo tauschen würde: aussehen wie alle, aber blind sein.

Theo sagt: „Es hört auf zu regnen.“

Tatsächlich, das Gewitter ist vorüber. Sie hören, wie das Wasser vom Dach abläuft, und im Garten singt eine Amsel.

„Ich kann noch nicht schlafen“, sagt Theo. „Und du?“

Ben gähnt erleichtert und meint: „Wir sind ganz schön blöd.“

Ja, wenn die Nacht vorüber ist, müssen sie sich trennen, und sie haben ihren Abend vertan mit Groll und beleidigtem Schweigen. Wissen sie überhaupt noch, warum sie aufeinander losgegangen sind? Und ist es nicht egal, ob einer blind ist und der andere braun, sie waren doch schon so weit, daß sie Freunde sein wollten?

„Die Kutsche hat die ganze Zeit im Regen gestanden", sagt Ben. „Ob man sie überhaupt wieder reparieren kann?"

Theo meint: „Es geht auch ohne Kutsche – oder?"

Ben behauptet, das Gewitter sei zur rechten Zeit gekommen, sonst hätte Alfred das Auto womöglich heute noch instand gesetzt! „Wir können nicht die Zeit, die wir dadurch gewonnen haben, mit Schlafen vertun!"

„Was sie wohl machen da unten?" überlegt Theo.

„Fernsehen?" vermutet Ben und lauscht.

Nein, Theo widerspricht, das ist nicht der Fernseher. „Die reden!"

Da erkennt Ben auch die Stimme seiner Mutter: Sie lacht, laut und gründlich.

Ohne daß sie sich verabreden müssen, wickeln sich die Jungen aus dem Bettzeug und öffnen vorsichtig die quietschende Mansardentür. Theo geht voran, ihm ist die Treppe im Dunkeln vertraut. Tastend folgt Ben. Licht können sie nicht machen, ohne bemerkt zu werden.

„Ich horche, du guckst durchs Schlüsselloch!" bestimmt Theo.

Lautlos beziehen sie Posten vor der Stubentür.

Bestimmt reden sie über Kunst, denkt Ben voller Hoffnung. Vielleicht finden sie sich gegenseitig doch sympathisch? Und ihm fällt plötzlich ein, daß keine Gelegenheit war, der Mutter das Schwimmbecken zu zeigen, ihr von Blessie zu erzählen, von den Karauschen im Steinbruch und von den Grillabenden im Garten.

Gläser klingen leise aneinander.

„Ich heiße Karola", sagt Bens Mutter.

„Ich heiße Bernd", sagt Theos Vater.

„Jetzt trinken sie schon Brüderschaft!" flüstert Theo aufgeregt. „Nun guck schon durchs Schlüsselloch! Was siehst du? Küssen sie sich?"

„Ich kann nichts sehen! Ich seh nur das Klavier!"

Entschlossen zieht Theo den Freund von der Tür weg. „Wir müssen von draußen durchs Fenster spähen."

„Und wenn sie die Vorhänge zugezogen haben?"

„Das machen wir nie. Hier ist doch niemand außer uns.“

Im Dunkeln gehen sie um das Haus herum und pirschen sich durch den Garten. Das nasse Unkraut klatscht ihnen um die Waden. Von den Bäumen fallen große kalte Tropfen auf die geduckten Rücken. Ben hat Theo an der Hand gefaßt, damit er in dem verwilderten Dickicht nicht mit den Füßen hängenbleibt – doch sehr viel kann er selbst nicht sehen.

Sie biegen um die Hausecke und nähern sich gebückt den beiden erleuchteten Fenstern. Vorsichtig richtet sich Ben auf.

„Verdammt!“ knirscht er.

„Was ist? Hast du dich gestoßen?“

„Die Vorhänge sind zugezogen!“

„Kein Spalt?“

„Kein Spalt.“

„Jetzt müssen wir unsere Ohren gebrauchen“, sagt Theo.

Sie schleichen zurück in den finsteren Hausflur.

18 „Ich heiße Karola“, sagt die Frau.

„Ich heiße Bernd“, sagt der Mann.

Der Mann und die Frau sitzen auf dem Sofa unter der Zeichnung vom Vorwerk, sie trinken die zweite Flasche weißen Wein und reden keineswegs über Kunst. Sie sprechen über ihre Kinder und über sich selbst. Leise Operettenmusik dudelt aus dem Radio. Die Frau wundert sich, daß ihr das nichts ausmacht, denn Operettenmusik gehört zu den Dingen, die sie nicht ausstehen kann. Überhaupt erscheint ihr auf einmal vieles, worüber sie sich bisher regelmäßig ärgerte, ganz unwichtig. Warum soll sie sich über Bernds Blumentapete, Blumenvorhänge, Blumensofa aufregen? Geht sie das denn etwas an? Ihm scheint es zu gefallen, aber deswegen ist er noch lange kein Mensch, den man mit einer überheblichen Handbewegung abtun kann. Man sollte einen Menschen niemals mit einer Handbewegung abtun, denkt Karola – hat sie das vorher nicht gewußt?

„Ich staune, wie du alles allein schaffst mit Theo“, sagt sie und trinkt ihm zu.

Bernd hebt verlegen die Schultern. Er schafft es eben nicht, das ist sein Problem. Seit die alte Frau Krebs, die ihnen nach dem Auszug der Mutter geholfen hat, zu ihrer Schwester nach Köln gezogen ist, hat er das Gefühl, daß das Gehöft von Monat zu Monat immer größer wird und immer mehr verkommt.

„Das ist nichts für einen einzelnen Mann. Was glaubst du, wie das hier aussieht, wenn Theo nicht da ist! Ich bin eigentlich kein ordentlicher Mensch. In der Werkstatt muß Ordnung herrschen, aber im Hause oder im Garten lasse ich alles schleifen. Ich hab einfach keine Zeit. Aber Theo braucht Ordnung, sonst findet er sich nicht zurecht. Alles muß stets am selben Fleck stehen und liegen, in der Küche, im Stall, auf dem Hof ... Wenn ich unterwegs bin, habe ich ständig so eine unbestimmte Angst, daß irgendwas passiert sein könnte inzwischen. Daß Theo gestürzt ist. Oder jemand Fremdes kommt und nützt die Situation, daß Theo allein ist. Er hat das Telefon und den Hund, aber trotzdem! Zum Glück ist noch nie etwas geschehen. Theo ist sehr selbständig. Und er hat soviel Selbstbeherrschung, mehr als ich. Disziplin und Selbstbeherrschung ist das Wichtigste, was Blinde lernen müssen, wenn sie ein normales Leben führen wollen.

Hier auf dem Vorwerk kennt er alles. Hier hat er, was er braucht. Und er sagt, das Alleinsein macht ihm nichts aus.

Aber später, als Erwachsener, wird er wohl nicht hier bleiben können. Das hab ich mir nicht träumen lassen, als ich den Hof von meinem Vater übernahm, daß ich hier einmal allein sitzen werde. Seit sechs Generationen lebt unsere Familie hier, alles Bauern. Ich bin der erste, der einen anderen Beruf hat.

Für wen habe ich das alles geschaffen? Die Werkstatt eingerichtet, das Haus ausgebaut, ein Schwimmbecken gemauert ... Ja, wenn ich mehrere Kinder hätte! Eins davon würde dann wohl hierbleiben und alles übernehmen.

Manchmal denke ich, ich mache alles verkehrt. Weniger arbeiten, mehr Zeit für Theo! Die Jahre vergehen, plötzlich ist er erwachsen und hat irgendwo eine eigene Wohnung, geht arbeiten ... Wenn ich nur wüßte, daß er eine gute Frau findet. Er braucht doch viel Hilfe. Im Straßenverkehr sieht er keine Ampel. Er kann sich nicht allein in einer Kaufhalle zurechtfinden. Und wie soll er sich einen Anzug kaufen, ohne im Spiegel sehen zu können, ob er paßt? Aber ich selber habe zwei gesunde Augen – und trotzdem keine Frau.

Und was wird Theo für einen Beruf lernen? Früher glaubten wir, er würde Musiker werden. Er hat vier Jahre Klavierunterricht gehabt, und sein Lehrer meinte, er könnte ein guter Tanzmusiker werden, in einer Band spielen. Aber auf einmal läßt er die Klavierstunden fahren, geht einfach nicht mehr hin! Telefonist könnte er werden, in einer Fernsprechzentrale. Doch er sagt, er will kein Fräulein vom Amt sein. Frage ich ihn, was er denn will, meint er, das hätte noch Zeit.

Ich habe mich mehrmals mit der Elternberaterin vom Blindenverband unterhalten, ob es nicht doch eine Möglichkeit gibt, daß Theo im Dorf bleibt. Er könnte zum Beispiel Korbmacher lernen und sich hier auf dem Vorwerk eine eigene Werkstatt einrichten. Ich würde ihm die andere Hälfte der Scheune ausbauen. Wenn es in der Stadt mal Einkaufskörbe zu kaufen gibt, stehen die Leute Schlange! Korbmöbel und Schaukelstühle sind auch sehr begehrt. Und wer kann heutzutage die alten Stühle mit Peddigrohrgeflecht noch reparieren? Theo hätte genug Arbeit. Doch er müßte einen Meisterlehrgang besuchen, um sich selbständig zu machen. Wenn ich an den vielen Schreibkram denke, die Rechnungen, die Unterschriften, die Belege, die Schecks, das Bargeld! Ich kenne das alles, das geht nicht ohne Augenlicht.

Korbmacher wird er nicht, sagt Theo, er geht in keine Blindengenossenschaft, er will mit Sehenden arbeiten.

Ich kann das verstehen. Seit er sechs Jahre alt ist, lebt er mit Blinden zusammen. Er möchte aber das ganze Leben kennen, außerhalb der schützenden Gemeinschaft – obwohl das sicher hart wird. Und ich weiß nicht, wie ich ihm dabei helfen soll. In drei Jahren muß er sich für einen Beruf entscheiden!“

Karola sagt: „In den meisten Familien gibt es Schwierigkeiten, wenn die Kinder älter werden, einen Beruf suchen und eine Möglichkeit, selbständig und nach eigenen Vorstellungen zu leben."

Doch sie merkt selbst, wie matt dieser Vergleich wirkt. So viel mehr Wege gibt es für junge Menschen, die fünf gesunde Sinne haben! „Auch für Benjamin müssen wir in drei Jahren eine Lehrstelle finden. Ich fürchte, daß er sich zu sehr auf die Malerei versteift. Lieber soll er einen praktischen Beruf lernen. Wer die Kunst zum Beruf machen will, muß ein überdurchschnittliches Talent haben und einen starken Charakter. Benjamin soll es nicht so ergehen wie mir. Ich habe alle Hoffnungen an mein Kunststudium und an einen Mann gehängt, und beides konnte ich nicht festhalten."

„Ja", seufzt der Mann, „man könnte beinahe meinen, wenn wir unsere Kinder nicht hätten, wäre alles im Leben glatt gegangen. Aber wenn ich Theo nicht hätte ..."

„Und ich Benjamin!"

„Ich hab schon immer gedacht, Kinder sind das Wichtigste, was man im Leben schaffen kann. Aber meine Frau war anderer Meinung."

Der Mann und die Frau – beide sind froh, sich erleichtern zu können durch Erzählen. Jeder kennt jetzt die Lebensgeschichte des anderen. Die Sorgen werden kleiner, wenn man sie teilt, indem man sie jemandem mit-teilt, der sie versteht. Es ist ja nicht Trost, was Bernd und Karola suchen, sondern Gemeinsamkeit.

Die Frau denkt: Worüber beklage ich mich eigentlich? Daß Benjamins Vater damals nach Afrika zurückmußte – das habe ich von Anfang an gewußt. Fast vierzehn Jahre ist das her! Benjamin und ich, wir sind gesund, wir leben gut zusammen, ich habe einen schönen Beruf, in dem ich etwas leiste, und vielleicht finden wir eines Tages den richtigen Mann für uns. Wie klein ist mein Problem im Verhältnis zu Bernds und Theos Leben, und wie schlecht werde ich damit fertig!

Der Wein hat dem Mann und der Frau eine gelöste Stimmung geschenkt. Sie genießen ihr Beisammensein, und auch sie beginnen unversehens, wie ein paar Stunden zuvor ihre Söhne, mit dem Spiel Was-wäre-wenn.

Was wäre, wenn Karola nach Altenhausen käme? Will sie nicht ohnehin fort aus Koltzien? Der Zeichenlehrer in Altenhausen, bei dem vor Jahren schon Bernd versucht hat, die Geheimnisse der Perspektive zu begreifen, ist bereits im Rentenalter, ein Nachfolger noch nicht da. Die Schule ist zwar ein uralter Backsteinbau, aber vor zwei Jahren völlig neu ausgestattet worden. Moderne Unterrichtskabinette wurden eingerichtet, für Physik, für Biologie, auch für Zeichnen! Bernd kann genau davon berichten, er hat selbst mitgearbeitet: Im Chemieraum hat jeder Platz einen Wasseranschluß, und in jedem Klassenraum gibt es jetzt eine Waschgelegenheit. Eine neue Turnhalle wurde gebaut, ein Essenraum ebenfalls.

Karola sagt: „Ein Lehrer kann nicht einfach seinen Arbeitsvertrag kündigen und vierzehn Tage später woanders anfangen. Ich bin für das nächste Schuljahr fest eingeplant." Außerdem möchte Karola in eine große Stadt, wo es Theater gibt, Museen, Ausstellungen, Restaurants, riesige Kinos, wo die Filme gezeigt werden, wenn sie noch neu sind. Und wo sich niemand dafür interessiert, woher Karola ihren Sohn hat. „Was glaubst du, wie deine Altenhäuser Nachbarn morgen hinter den Gardinen stehen, wenn ich mit Benjamin durchs Dorf zu Alfreds Werkstatt gehe!"

„Ihr seid fremd hier, also werdet ihr gemustert. Das ist so, als wenn in der Schule ein Neuer in die Klasse kommt! Denkst du, wenn du in der Großstadt in ein Haus einziehst, wirst du nicht beobachtet? Was ist das für eine, kann man mit der auskommen?

Findest du das gut, in einem Haus zu wohnen, wo sich keiner um den anderen kümmert? In Altenhausen kennt jeder jeden, und das ist gut so. Man hilft sich – wie in einer großen Familie. Ich hätte das Vorwerk und meine Werkstatt allein nie aufbauen können. Und noch nie hat ein Kind Theo gehänselt oder gar geschlagen."

Altenhausen liegt nicht hinter dem Mond. Die Genossenschaft wirtschaftet gut und mit großem Gewinn, sie tut viel für das Dorf. Sogar ein Frisiersalon mit Kosmetikabteilung wurde gebaut, ganz zu schweigen vom Dorfklub, wo in jeder Woche zweimal Kino ist und am Wochenende Disko für die Jungen. Die Lehrer sind geachtete Persönlichkeiten im Dorf, und wenn junge Pädagogen frisch von der Hochschule an die Altenhäuser Schule kommen, erhalten sie Bauland und einen Kredit, damit sie ein Haus bauen und bleiben.

„Ich will kein Haus bauen“, sagt Karola. „Sei ehrlich, du brauchst eine Hausfrau und eine Mutter für Theo.“

Das will Bernd gar nicht abstreiten. Was ist daran schlecht?

„Nichts. Aber wir beide sind zu verschieden. Daraus könnte nie etwas werden.“

„Du hast Angst vor Theo“, sagt Bernd.

Zögernd gibt Karola das zu. Wie man mit einem blinden Kind umgeht, davon hat sie keine Ahnung.

Bernd sagt, daß er früher davon auch keine Ahnung hatte. Er erzählt, wie gut das Leben auf dem Vorwerk ist, er erwärmt sich beim Reden an seiner eigenen Begeisterung, und die Sätze sind vollgestopft mit Wörtern wie: würde, könnte, müßte …

Mit dem Auto könnte man jederzeit ins Theater fahren oder in Ausstellungen, sogar nach Dresden oder nach Berlin. Man könnte über der Werkstatt noch einen Teil der Scheune ausbauen, eine Wand aus Glasziegeln würde gutes Licht geben. Ein richtiges Atelier! Wie Bernd es bei einem Maler im Nachbardorf gesehen hat, einem ganz alten Mann, der sein Leben lang in Berlin gewohnt hat und sich nun, als seine Dachwohnung im Hinterhaus baupolizeilich gesperrt wurde, seinen Jugendtraum erfüllte und aufs Land zog. Man könnte einen Heißluftofen ins Atelier setzen, den Schornstein hat Bernd schon hochgezogen, als er die Werkstatt baute. Das Dach müßte isoliert werden gegen Hitze und Kälte …

„Hör auf!“ Karola lacht. „Du spinnst ja!“

Bernd sagt: „Ich komme wohl nicht in Frage für dich, weil ich nicht studiert habe? Mit ‚studiert‘ kannst du im Alltag nichts anfangen, und ob einer ein Freund sein kann, das hängt auch nicht davon ab. Der Ökonom, dem ich jetzt das Badezimmer in die Laube setze, hat zweimal studiert, na und? Was glaubst du, wovon der den ganzen langen Tag redet? Daß Salamanderschuhe nichts taugen und daß in der nächsten Saison die Hosenbeine weiter werden, und was man anstellen muß, um vor der Zeit ein Auto zu bekommen. Der ist in seinem Urlaub extra nach Budapest geflogen, um Wasserhähne einzukaufen! Den interessiert nichts außer Geld und Protz, das ist vielleicht ein langweiliger Bruder! Muß man dafür studieren?"

„Und du?" fragt Karola. „Bist du nicht hinter dem Geld her?"

Das kann Bernd nicht mit drei Worten erklären. Natürlich ist ihm Geld wichtig. Ohne Geld hätte er das Vorwerk nicht und das Schwimmbecken und Blessie und die Möglichkeit, ohne viel Gerede ja zu sagen, wenn Theo einen Wunsch hat.

Aber nicht nur wegen des Geldes arbeitet Bernd soviel. Es macht ihm Spaß, einen Auftrag zu übernehmen, von dem zunächst nur feststeht, was am Ende dabei herauskommen soll – der Chemieraum in der Schule zum Beispiel. Er plant seine Arbeit, rechnet, zeichnet, mißt, führt aus. Das kann er, das macht Freude. Außerdem ist es ein schönes Gefühl, zu wissen: Wenn ich das nicht mache, bleibt es liegen, weil kein anderer da ist, der es machen könnte. Und er setzt seinen Ehrgeiz darein, jede Arbeit, groß oder klein, so gut wie möglich zu erledigen. „Handwerkerehre!" sagt Bernd. Einmal war ein Lehrling bei ihm. Aber der ging in einen Großbetrieb, kaum daß er ausgelernt hatte. Den interessierte überhaupt nicht, wie nötig er in Altenhausen gebraucht wurde.

Außerdem ist Bernd gerne unter Leuten. Während er in den Häusern arbeitet, erfährt er Geschichten, Lebensläufe, Familienkatastrophen, unerwartete Glücksfälle ... Die wenigsten Leute sind so langweilig wie dieser Ökonom, und alle erzählen gern. Da kann Bernd vergessen, daß er am Feierabend zu Hause allein ist.

Karola fragt ihn, warum er seinen Sohn nicht auch am Wochenende heimholt.

Ja, warum? Es ist ziemlich weit. Und meist gibt es auch am Wochenende Arbeit. Und außerdem mußte er dann jedesmal das gesamte Vorwerk in Ordnung bringen, weil nichts an seinem Platze steht. Aber richtige Gründe sind das wohl nicht.

„Vielleicht sollte ich mal mit Theo verreisen?“ überlegt Bernd. In seinem Urlaub hat er bisher immer etwas am Vorwerk zu bauen gehabt, statt Theo zum Beispiel einmal das Meer zu zeigen. Er konnte sich eine Urlaubsreise mit Theo auch nicht sehr reizvoll vorstellen. Es wäre eine große Belastung gewesen, viel mehr als zu Hause hätte er unterwegs für Theo sorgen müssen – und immer unter fremden Leuten mit dem blinden Kind, da käme er sich ständig beobachtet vor.

Aber Karola lacht ihn aus. Beobachtet! Das sind Ausreden! Jetzt bringt er für sich die gleichen Gründe ins Spiel, die er ihr vorhin selbst ausgeredet hat.

Er gefällt Karola, das hätte sie nicht gedacht. Aber auf keinen Fall will sie sich Hals über Kopf in eine Beziehung stürzen, die so anders ist als alles, was sie sich vorgestellt hat für sich selbst und für Benjamin. Die mit so vielen unbekannten Dingen und Verhältnissen verknüpft ist: das Leben auf einem Dorfe, ein blindes Kind, ein Haus mit einem großen Anwesen. Aber wie soll man das ausprobieren: ob etwas für das ganze Leben geeignet ist?

Bernd denkt: Sie sieht gut aus, sie ist praktisch und betrachtet die Welt gar nicht so verbissen, wie ich erst glaubte. Sie ist kein bißchen besserwisserisch oder lehrerhaft-überheblich. Sie gefällt mir ganz einfach als Frau. Es muß doch nicht Liebe auf den ersten Blick sein! Und so ein Esel bin ich nicht, daß es mich stört, wenn eine Frau schon einen großen Sohn hat. Ich habe ja auch schon einen großen Sohn.

Laut sagt er: „Wollen wir nicht zusammen eine Reise machen? Im Herbst gibt es eine Woche Schulferien. Wir könnten nach Prag fahren. Alle vier.“

„Ich war schon dreimal in Prag“, sagt Karola.

Bernd läßt nicht locker. „Dann fahren wir eben an die Ostsee. Die See im Herbst, mit Sturm und Wellen und lauter angespülter Trödel im Sand!“

„Du bist hartnäckig, was?“ sagt Karola, plötzlich ernst. „Ich fahre morgen mit Benjamin ins Gebirge, hast du das vergessen? Wer weiß, ob wir uns überhaupt wiedersehen.“

„Wir sind zwei befreundete Familien, die im Herbst zusammen ein paar Tage an die Ostsee fahren", sagt Bernd. Und das ist der erste von den vielen verschwommenen Wünschen und Vorschlägen des Abends, in dem es weder „müßte" noch „könnte" heißt.

Das Radio spielt einen Walzer.

„Darf ich bitten?" fragt Bernd.

Warum soll Karola nicht mit Bernd Walzer tanzen, allein in der engen Stube, zwischen Klavier und Zeltsack?

19 Wenn Ben nicht um jeden Preis leise bleiben müßte, würde er jetzt lauthals lachen: Seine Mutter tanzt Walzer!

Und sie tut das nicht etwa, wie er sich vorstellen könnte, aus Jux und mit komischen Verrenkungen – nein. Ganz selbstverständlich, mit einer Haltung wie in der Tanzschule. Aber daß sie mit Theos Vater tanzt, verleiht der Sache natürlich eine besondere Wichtigkeit, und deshalb lacht Ben nicht.

Halb kniend, halb sitzend hockt Ben vor der Zimmertür, das linke Auge ans Schlüsselloch gepreßt. Die Türklinke drückt ihm fast das Ohr ab. Aber seit die Erwachsenen schweigen, müssen Ben und Theo wenigstens wissen, was sie tun, also hält er in seiner unbequemen Stellung aus und liefert Flüsterberichte an Theo.

„Sie tanzen immer noch!" stöhnt er.

Endlich bleiben sie stehen, der Mann und die Frau, noch in Tanzhaltung.

„O Mann!", sagt Ben ungläubig. „Jetzt küssen sie sich."

„Na also", sagt Theo zufrieden.

Das Radio spielt immer noch Walzermusik. Ben kann nichts mehr sehen. Jemand hat in der Stube das Licht ausgeschaltet. Sie hören, wie Bens Mutter dicht neben der Tür sagt: „Ich fahre aber morgen!" Und dann kann selbst Theo nichts mehr hören als das Radio.

Seltsam verlegen schleichen die beiden Jungen die Treppe hinauf in die Mansarde.

„Eigentlich sind Erwachsene komische Menschen", findet Ben. „Man weiß nie, was sie wirklich wollen. Meine Mutter bleibt nicht mit deinem Vater zusammen, auch wenn sie jetzt das Licht ausgemacht haben. Ich kenne das. Sie verliebt sich in jedem Urlaub."

„Vielleicht ist es diesmal anders", hofft Theo.

Ben sagt: „Mensch, laß die doch machen, was sie wollen! Wieso soll ich morgen unbedingt ins Elbsandsteingebirge fahren?" Zeltplätze kennt Ben zur Genüge. Er hat Lust auf etwas, was er noch nicht kennt: Ferien mit einem Freund. Ferien mit Theo. „Viele Kinder verreisen ohne Eltern. Meine Mutter wird ohne mich auskommen, sie kann allein ein Zelt aufbauen. Sie wird sich einen Freund suchen, tanzen gehen, wandern und natürlich zeichnen. Auf dem Rückweg holt sie mich wieder hier ab."

„Warum sind wir nicht gleich daraufgekommen!" freut sich Theo. „Drei ganze Wochen! Macht es dir nichts aus, daß ich blind bin?"

Das hat Ben im Augenblick ganz vergessen.

„Ich werd mich dran gewöhnen", verspricht er. „Ich sehe genug für uns beide."

„Und später besuchen wir uns gegenseitig! In unserem Internat gibt es Gästezimmer. Ich werde dir alles zeigen in meiner Schule. Hast du schon mal Bücher in Blindenschrift gesehen? Oder Landkarten für Blinde und Schreibmaschinen, die Blindenschrift schreiben? Weißt du was – diese Susanne, die so gut Klavier spielt, die gibt es wirklich. Aber sie ist eine eingebildete Ziege."

„Du hast ja jetzt einen Freund, der sehen kann", sagt Ben, als wären damit alle Fragen beantwortet, alle Probleme gelöst.

„Die Ferien verbringen wir immer gemeinsam, capito?" bestimmt Theo.

Und Ben antwortet: „Claro."

Das werden herrliche Ferien! Wenn nur schon morgen wäre! Sie werden angeln gehen und reiten, sie werden schwimmen und grillen. Theo wird Ben seine Platten und Kassetten vorspielen, Ben wird Theo vorlesen: *Robinson Crusoe, Die Schatzinsel, Robin Hood, Huckleberry Finn* ...

Ben wird sich Farben besorgen und das Vorwerk malen und das Bild in Theos Zimmer an die Wand hängen.

Vielleicht ist die Kutsche doch noch zu retten?

Irgendwann schlafen die beiden Jungen ein.

20 Keine Wolke trübt mehr den Himmel, und hoch über dem Vorwerk steht schon die Sonne.

Der Morgen ist so, wie Ben und Theo es sich ausgemalt haben: blau und warm, und ein leichter Wind weht. Die Wiese riecht gut nach dem Regen, satt und dunkel glänzen die Bäume, und sogar die Stimmen der Lerchen und Schwalben hören sich an wie frisch gewaschen.

Das Haus ist still und leer.

In aller Frühe sind die Eltern zu Alfred ins Dorf gefahren, den Octavia im Schlepptau des Wartburg. In der Küche ist für die Jungen ein Frühstückstisch gedeckt. Hastig essen sie ein paar Bissen und treten mit vollem Munde hinaus auf den Hof, um nach der Kutsche zu sehen.

Theo streicht mit den Händen über das feuchte Holz. „Faßt sich sauber an."

Tatsächlich, der heftige Regenguß hat die Kutsche abgewaschen, nur die Radspeichen sind schmutzverklebt.

„Und wie sieht sie sonst aus?"

Ben versteht nichts von Kutschen, aber eins sieht er ganz deutlich: Dies hier ist eindeutig ein Wrack. Wie soll das jemals wieder fahren? „Man müßte ...", setzt er an.

Theo unterbricht ihn: „Mein Vater muß sich das ansehen. Wir haben jetzt soviel Zeit! Drei Wochen!"

Schon fühlen sich die Jungen als Herren auf dem Vorwerk.

Sie beginnen Ordnung zu schaffen. Die Kutsche aber soll ruhig auf dem Hof liegenbleiben und in der Sonne trocknen.

Sie versorgen Kolumbus und Blessie.

Sie räumen das Zimmer auf, tragen Flaschen und Gläser in die Küche. Ben schaut sich heimlich nach irgendwelchen Spuren um.

„Du, wo haben die denn geschlafen?"

„Das Schlafzimmer ist nebenan. Willst du es sehen?"

„Nein!" wehrt Ben beinahe heftig ab. Was soll da schon zu sehen sein.

Sie spülen das schmutzige Geschirr, dann machen sie ihre Betten in der Mansarde. Gerade als sie schwimmen gehen wollen, kommen die beiden Autos den Lehmweg heruntergefahren, der Octavia voran.

„Na, du Langschläfer!" ruft Bens Mutter fröhlich. „Können wir aufbrechen?"

„Los, sag's ihr!" zischt Theo.

Ben schluckt und sagt: „Ich bleibe hier."

Verblüfft schaut die Mutter zwischen Ben und Theos Vater hin und her.

Hat sie richtig gehört?

„Ich möchte hierbleiben", wiederholt Ben, „und mit Theo auf dem Vorwerk Urlaub machen."

„Ach bitte!" stimmt Theo ein. „Bitte, Vati, erlaubst du es?"

„Na ja ...", sagt der Vater zögernd. „Warum nicht? Meinetwegen kann er bleiben." Und er schaut Bens Mutter an.

Die aber wird ganz rot im Gesicht. „Was ist das hier eigentlich – eine Verschwörung?" fragt sie zornig. „Kommt nicht in Frage!"

„Aber warum?" ruft Ben verzweifelt. Er ist völlig überrascht, daß sie nicht einverstanden ist.

Die Mutter läßt sich nicht auf eine Diskussion ein. Sie denkt nicht daran, allein zu reisen. „Was glaubst du, warum ich in meinem Urlaub auf einen Zeltplatz fahre und nicht mit einer Reisegruppe in ein Hotel am Schwarzen Meer? Deinetwegen, mein Sohn! Damit du deinen Spaß hast, zelten, wandern, abkochen und das alles! Los, wir packen ein."

Mitten auf dem Hof steht Theo. Er kann das nicht begreifen. Wenn sie nur wegen Ben zelten fährt, warum bleibt sie dann nicht auch hier? Kann sie sich nicht einen Moment ruhig hinsetzen und über die Sache nachdenken? Ist sie nicht froh, daß ihr Sohn einen Freund gefunden hat? Vielleicht kann sie sich nicht vorstellen, was Freundschaft bedeutet? Aber sie ist Lehrerin, sie muß das wissen. Womöglich ist sie einfach nur daran gewöhnt, daß sie diejenige ist, die bestimmt, was gemacht wird. Theo bedauert, daß Ben und er noch nicht erwachsen sind.

Plötzlich steht Ben neben ihm. „Ich komme wieder", verspricht er, und Theo hört die Tränen in seiner Stimme. „Ganz bestimmt komme ich. Sie wird es bestimmt einsehen, nach einer Weile."

Theo nickt.

Ben wird ihn nicht anlügen.

„Schreib mir!" bittet Ben. „Benjamin Müller, Rathen im Elbsandsteingebirge, Campingplatz. Ich frage jeden Tag an der Poststelle. Ich schreib dir auch!"

Theos Vater hat den Zeltsack auf dem Autodach festgezurrt.

„Sehen wir uns wieder?" fragt er und hält die Hand von Bens Mutter fest. „Ihr könnt uns auf der Rückfahrt besuchen. Mach den Kindern die Freude! – Und mir auch", fügt er hinzu.

Bens Mutter hat ihr Gleichgewicht wiedergefunden. „Vielleicht", sagt sie und lächelt und läßt ihre schönen blonden Haare flattern.

Und dann ist der honiggelbe Octavia vom Hof gefahren.

Theo schwenkt beide Hände über dem Kopf.

„Winkt er?" fragt er seinen Vater.

„Er winkt."

„Ben kommt wieder, nicht wahr?"

„Ich hoffe es. Was wolltet ihr eigentlich mit der Kutsche?"

Theo erzählt, was sie mit der Kutsche wollten.

Der Vater lacht ungläubig, aber dann läßt er sich bewegen, die Kutsche genauer zu untersuchen. Bis auf die geborstene Achse ist das Holz unversehrt. Nur an der Deichsel hat der Holzwurm genagt.

„Junge!“ sagt der Vater und atmet tief durch. „Das wird aber ein schönes Stück Arbeit.“

„Ich habe mir schon oft gewünscht, die Kutsche wieder in Ordnung zu bringen“, sagt Theo bittend. „Aber ich allein kann es nicht, und ich kann auch keine Kutsche lenken. Jetzt habe ich Ben.“

Der Vater sagt: „Laßt ihr mich wenigstens mal auf dem Trittbrett mitfahren?“

„Du bist einverstanden!“ jubelt Theo.

„Erst reden wir mit Eberhard“, bremst der Vater. „Wenn er die Achse und das Rad erneuern kann, kümmere ich mich um die Eisenteile. Aber anstreichen müßt ihr die Kutsche allein.“

„Claro“, sagt Theo. „Honiggelb!“

„Jetzt muß ich zu meinem Ökonomen“, drängt der Vater. „Willst du mitkommen?“

Theo freut sich. Sein Vater hat ihn noch nie mit auf eine seiner Arbeitsstellen genommen. Und auf der Rückfahrt werden sie den Stellmacher besuchen.

„Aber erzähl ihm nichts von Karola!“ verlangt der Vater.

„Kein Wort“, verspricht Theo.

Und obwohl Theo doch auf dem Vorwerk jeden Stein kennt, faßt ihn der Vater für die paar Schritte bis zum Auto um die Schulter.

Wie ein Bild aus einem Märchenbuch sieht es aus: das Vorwerk, das ein paar hundert Meter neben der Autobahn liegt, zwischen Wiesen und Wald, unter hohen Bäumen. Ein Haus mit Stall und Scheune und Garten, mit hellen Mauern unter dunklem Dach.

Dort wohnt ein Junge, der heißt Theo.

Theo reitet auf seinem Pferd Blessie jeden Tag zur Autobahn. Er bindet das Pferd an den Koppelzaun und läßt es grasen, und dann setzt er sich in den Schatten und wartet. Er hat ein rotes Hemd an, so daß man ihn in all dem Grün gut sehen kann. Er wartet auf ein ganz bestimmtes vereinbartes Hupsignal. Ben hat geschrieben, daß er ihn besuchen wird und daß sie die Kutsche aufbauen wollen.

Theo kann den Brief auswendig.

Ben wird kommen.

Wir werden mit der honiggelben Kutsche fahren.

LESEPROBE

Maria Seidemann
Neunfinger

Illustrationen von Irene Dietrich · Für Leser von 12 Jahren an

Früher habe ich nie an die Vergangenheit gedacht. Mein Leben erschien mir wie der Wald, der unser Haus umgab: vertraut und doch voller Geheimnisse, und vor allem war er immer da, der Wald. Jetzt gibt es für mich eine Zeitrechnung: die Zeit vor dem Unfall, die Zeit nach dem Unfall, die Zeit vor dem Umzug, die Zeit nach dem Umzug.

Vor zweieinhalb Jahren, als wir zu Silvester aus dem Gebirge zurückkamen, ist unsere Familie mit dem Auto verunglückt. Papa ist gestorben. Mutter lag lange in einer Klinik. Mir fehlt seit dem Unfall der letzte Finger der rechten Hand. Ich wurde nach einigen Tagen aus dem Krankenhaus entlassen und wohnte ein Jahr im Kinderheim, hier in der Stadt. Danach kehrten wir in unser Haus in Neunlingen zurück, Mutter und ich. Und obwohl Papa nicht mehr da war, blieben die letzten zehn Monate, die ich mit meiner Mutter im Wald verbrachte, die beste Zeit meines Lebens, das steht fest. Nun ist alles zu Ende, im Januar sind wir in die Südstadt gezogen, und jeder behauptet, so sei es am besten, sogar Mutter. Der Schnee ist längst getaut, der Wald wieder grün.

Wir wohnen im sechsten Stock, nicht etwa ganz unten, wie jeder annehmen müßte. Es gab schon Beschwerden, weil der Rollstuhl im Flur zuviel Platz wegnimmt, und der Junge – das bin ich – würde nie die Treppe richtig scheuern. Ich habe aber ein ganzes Haus in Schuß gehalten und den Garten dazu, das soll mir erst mal einer nachmachen. Wenn der Fahrstuhl nicht funktioniert, kann Mutter nicht in die Klinik zur Behandlung fahren, sie kann überhaupt das Haus nicht verlassen – was ist daran anders als früher? Die gleichen Schwierigkeiten, sag ich, nur bin ich im Wald besser damit fertig geworden, weil es Spaß machte. Hier habe ich keine Gelegenheit, zu beweisen, daß ich mit allem allein fertig werden könnte. Jeder darf sich in unsere Angelegenheiten einmischen, ich werde nicht mehr gefragt.

Frau Geyer aus der Zweiten bringt uns die Rente mit, Herr Faulhaber aus der Achten schleppt mit seiner Klapperkiste von Auto nicht nur die Vorräte für seine kinderreiche Familie an, sondern auch noch für uns, jeden Freitag. Und sein Ältester, der Elektriker wird, mußte unbedingt unsere Steckdose reparieren. So was konnte ich schon vor zwei Jahren. Warum sagt Mutter den Leuten nicht, daß sie ihre Hände aus unseren Sachen raushalten und uns in Ruhe lassen sollen? Statt dessen lacht sie, wenn es nicht klappt, und schleppt sich an ihren Krücken über den Etagenflur zu Frau Kupfer, Kaffee trinken. Sie hat schon immer viel gelacht. Eine Zeitlang hat uns das geholfen.

Mein Tisch steht am Fenster. Das Mathebuch vom vorigen Jahr liegt vor mir, ich habe mich freiwillig verpflichtet, die Wissenslücken aus der Achten schnell zu füllen.

Ich nehme Manfreds Fernglas. Durch den Spalt zwischen den beiden Hochhäusern starre ich über den Fluß zu den Schwemmwiesen, zum Waldrand. Die Erinnerungen fallen über mich her wie ein Schwarm hungriger Krähen, alle auf einmal, sie überschreien sich gegenseitig und verdunkeln die Aussicht. Ich denke daran, daß jetzt, zwischen Frühjahr und Sommer, der Wald am schönsten ist. Und ich kann mir nicht vorstellen, daß ich eines Tages aufhören soll, Sehnsucht nach Neunlingen zu haben. Kann sein, mir wäre leichter, wenn ich mit jemandem über alles reden könnte. Aber kaum mache ich den Mund auf, fängt jeder an zu erklären, wie gut ich es jetzt habe und daß ich die Dinge falsch betrachte.

Meine frühere Freundin Beate versteht mich nicht mehr. Sie fühlt sich wohl hier, und seit sie in der Südstadt wohnt, ist noch nicht wieder die Rede davon gewesen, daß sie in die Sonderschule soll. Sogar mit Mutter kann ich nicht mehr reden. Mit Frau Kaminski schon gar nicht, ihr verdanke ich, daß ich jetzt ein so unheimlich glückliches Leben habe. Manfred, der Maler, schreibt mir Postkarten und Briefe aus Leipzig, als hätten wir uns noch was zu sagen. Er soll nicht denken, daß ich ihm verziehen habe. Vor allem an Manfred erinnern mich die verdammten Bilder, mehr als das Fernglas und der Hund.

Das dritte Hochhaus wächst und wächst und wird bald die Lücke schließen. Vielleicht tut dann die Erinnerung nicht mehr so weh.

An den kurzen, dunklen Wintersonntagen, wenn ich die Mutter im Rehabilitationszentrum besuchte, sprachen wir fast nur davon, daß wir bald wieder zu Hause sein würden. Im März leckte der Südwind, der die Gerüche der Möbelfabrik in die Stadt wehte, die letzten Schneeinseln weg. Wir durften endlich heim nach Neunlingen.

An diesem Tag ging ich zur Schule wie immer. Frau Kaminski kam nicht auf die Idee, mir freizugeben. Sie sagte: „Martin Kilian, du mußt deinen neuen Lebensabschnitt diszipliniert beginnen.“ Dabei sah sie mich so ernst an, daß mir nichts übrigblieb, als verständig mit dem Kopf zu nicken.

Disziplin macht das Leben überschaubar. Mit Disziplin kann man über alles hinwegkommen. Die Disziplin war das einzige, woran ich mich halten konnte in den ersten schlimmen Wochen nach dem Unfall, als ich mich damit abfinden mußte, viel mehr verloren zu haben als nur den einen Finger.

Und heute ist es wieder so: Mir ist nur noch die Disziplin übriggeblieben. Ich bin ein guter Schüler, sonst nichts.

Ich bemühte mich, auch am Tage der Heimfahrt Frau Kaminskis verläßlichster Schüler zu sein, obwohl schon morgens vorm Wecken die Aufregung unterm Hemd zwickte wie ein Dutzend Ameisen. Nach der Schule holte mich Onkel Günther mit dem Auto ab. Wir fuhren zum Kinderheim. Onkel Günther, der keine Kinder hat, regte sich auf, was ich alles in seinen Kofferraum stopfte: Reißbrett, Sportkleidung, Arbeitssachen für den Produktionsunterricht, Malzeug, stapelweise Hefte und Bücher und meinen Koffer. Alles hatte ich vom Heim bekommen. Ein paar Jungen aus meinem Zimmer halfen mir tragen. Es geschieht nicht oft, daß einer seine Sachen pakken und nach Hause fahren kann. Für viele ist das Heim das einzige Zuhause. Manche haben beide Eltern verloren. Ich hatte die Mutter behalten.

Auf der Freitreppe schüttelte ich noch einmal alle Hände.

Bald verschwand die Stadt im Rückspiegel.

Onkel Günther wollte auch die Mutter abholen, doch der Arzt erlaubte das nicht. Der Weg war zu weit, sie sollte liegen während der Fahrt und deshalb mit dem Krankenwagen nach Hause gebracht werden.

Als wir von der Landstraße in den Wald einbogen, hätte ich am liebsten gesungen, aber ich wollte erwachsen und ausgeglichen wirken und schwieg. Ich hatte geglaubt, alles müßte anders sein, wenn ich wiederkäme. Doch der Wald war wie in jedem Jahr um diese Zeit. Die Ulmen hatten gelbe Knospen, auf dem Boden glänzte naß das braune Laub vom vorigen Herbst, und überall blühten schon Massen von Lungenkraut, Himmelsschlüssel und Anemonen. Ich kurbelte das Fenster herunter und atmete den Wald ein. Der Wald, der Wald! Da pfeif ich auf Dschungel, Taiga und Rocky Mountains, unseren Wald kann nichts übertreffen. Es ist ein richtiger Auenwald mit Ulmen, Espen und einzelnen mächtigen Eichen. Ich kenne alle Baumarten, die bei uns wachsen, auch die Sträucher im Unterholz und die Pflanzen in den Schwemmauen am Waldsaum, die der Fluß im Frühling regelmäßig unter Wasser setzt. Der Fahrtwind roch kräftig nach Bärenlauch. Ich hörte die Finken klimpern, ein Specht ratterte, bald würde die Zeit für den Kuckuck kommen – ich erkannte alles wieder, der Wald hatte auf mich gewartet. Ich war zu Hause.

„Laß mich mal fahren“, verlangte ich von Onkel Günther.

Er schüttelte den Kopf, wie das nur Erwachsene können. „Martin! Es ist schon genug passiert.“

Da war mir wieder bewußt, daß nichts mehr so sein würde wie früher, ich hatte es nur ein paar Augenblicke lang vergessen. Onkel Günther wußte so gut wie ich, daß Papa bei dem Unfall selbst gefahren war, denn mich ließ er nur auf dem Waldweg ans Steuer, und bestimmt nicht bei Glatteis, wie bei unserem Zusammenstoß mit dem Bus. Eine traurige Wut hockte mir in der Kehle.

DER KINDERBUCHVERLAG BERLIN

ISBN 3-358-00041-9

2. Auflage 1988

Lizenz-Nr. 304-270/510/88
Gesamtherstellung: INTERDRUCK Graphischer Großbetrieb Leipzig,
Betrieb der ausgezeichneten Qualitätsarbeit, III/18/97
LSV 7511
Für Leser von 12 Jahren an
Bestell-Nr. 632 248 6
00[redacted]